O ENIGMA DA CIDADE PERDIDA

Celso Antunes ❄ Telma Guimarães

O ENIGMA DA CIDADE PERDIDA

Ilustrado por Roberto Weigand

Dados Internacionais de Catalogação na Publicação (CIP)
(Câmara Brasileira do Livro, SP, Brasil)

Antunes, Celso
  O enigma da cidade perdida / Celso Antunes, Telma Guimarães ; ilustrado por Roberto Weigand. – São Paulo : Editora do Brasil, 2011. – (Coleção tempo de literatura)

  ISBN 978-85-10-05019-7

  1. Ficção - Literatura infantojuvenil
  I. Guimarães, Telma. II. Weigand, Roberto.
  III. Título. IV. Série.

11-04282   CDD-028.5

Índices para catálogo sistemático:
1. Ficção: Literatura infantil   028.5
2. Ficção: Literatura infantojuvenil 028.5

© Editora do Brasil S.A., 2011
Todos os direitos reservados
Texto © Celso Antunes e Telma Guimarães
Ilustrações © Roberto Weigand

Direção-geral	Vicente Tortamano Avanso
Direção editorial	Cibele Mendes Curto Santos
Supervisão editorial	Felipe Ramos Poletti
Supervisão de arte e editoração	Adelaide Carolina Cerutti
Supervisão de controle de processos editoriais	Marta Dias Portero
Supervisão de direitos autorais	Marilisa Bertolone Mendes
Coordenação de revisão	Fernando Mauro S. Pires
Assistência editorial	Erika Alonso e Gilsandro Vieira Sales
Apoio editorial	Rosana Correa de Araújo
Coordenação de arte	Maria Aparecida Alves
Design gráfico	Janaína Lima
Revisão	Edson Nakashima e Nelson Camargo
Controle de processos editoriais	Leila P. Jungstedt e Carlos Nunes

1ª edição / 7ª impressão, 2023
Impresso na Forma Certa Gráfica Digital

Rua Conselheiro Nébias, 887
São Paulo, SP – CEP: 01203-001
Fone: +55 11 3226-0211
www.editoradobrasil.com.br

SUMÁRIO

A história do Oito ——————————————————— 7

Um cinema na jogada ——————————————————— 14

Preparativos ——————————————————— 21

Vó Janda ——————————————————— 24

Destino: Bananal ——————————————————— 31

Jatércio's ——————————————————— 33

Bartolomeu Holmes, Sherlock Luís & Tiago Watson ————— 36

Na calada da noite ——————————————————— 40

Bastião ou Sócrates? ——————————————————— 44

Uma mensagem enigmática ——————————————————— 48

Um enigma no sítio ——————————————————— 54

O enigma decifrado ——————————————————— 62

O Sol, o céu, o mar ——————————————————— 69

Os segredos da mata ——————————————————— 72

Um contato imediato ——————————————————— 82

Os higeus e a cidade perdida ——————————————— 86

Lo 75 ——————————————————— 95

Um regresso às cegas ——————————————————— 106

Uma outra história ——————————————————— 113

A HISTÓRIA DO OITO

Tiago tirou o que a mãe chamava de "cobre-leito" do chão. Para ele não passava de uma colcha, um edredom preto, branco e vermelho, cor do seu time de coração. Levantou e foi até a janela. A mãe, dona Wanda, já tinha saído para a vila. Era assim que ela chamava as lojas do pequeno bairro afastado de Itapecerica, próximo ao vale onde tinham o sítio. A "vila" consistia em duas ou três lojinhas, mercadinho e caixa do correio. O pai, seu Geraldo, chegaria daí a alguns dias. Estava ministrando um curso, a convite da própria Faculdade onde lecionava. Sorte tinha a mãe, que conseguira uns dias a mais na empresa. Estavam ansiosos, esperando a mudança definitiva para o vale. Mais dia, menos dia, a mudança ia se concretizar.

Casa espaçosa, gramado enorme, árvores frutíferas a não ter fim, alguns cavalos. Eram poucos os sítios no vale. Muitos alqueires entre uma casa e outra, a mata, algumas vacas soltas pastando sossegadamente pelos campos. À esquerda do vale, um condomínio vizinho, com doze casas iguais, e era só.

Com tanto espaço, não demoraram muito a construir um campinho de futebol. Oito, o caseiro, tinha ajudado a marcar o campo. Ali no vale, quase todos os proprietários tinham caseiros, a maioria deles vindos de lugares distantes. O "Oito", empregado mais recente que seus pais haviam contratado para fazer o resto do serviço, sabia cozinhar muito bem, pois trabalhara num restaurante de estrada por um bom tempo. O apelido "Oito" viera porque era o oitavo filho da família de seu Brasilino.

Uma nova olhada em direção ao campo, e Tiago teve um estalo... Ia aproveitar para passar o dia todo jogando futebol, estreando as luvas de goleiro, presente de seu irmão Luís.

De calção, camiseta, meias grossas e chuteiras, abriu o armário do quarto. Se a mãe passasse em revista aquela mistura pouco democrática de cadernos, sapatos, cuecas, camisetas e salgadinhos de pacote, certamente teria um dos seus ataques e lhe daria um cartão vermelho.

"Onde foi que enfiei o par de luvas?", ficou a remexer e zanzar pelo quarto, até que, para seu alívio, lembrou: estavam embaixo da cama, junto com um par de botas. Luvas na mão, Tiago correu até a porta da casa.

O sol forte não impediu que enxergasse um grupo de pessoas que se aglomeravam na sombra de uma jabuticabeira. Uma corrida esperta e já estava com os empregados da vizinhança, ouvindo atento as histórias contadas pelo Oito.

– Cês podem até achar que eu tô ruim da cabeça, mas eu juro que é tudo verdade. Eu não sei explicar onde fica, mas o velho Bastião jurou de pé junto que a tal cidade perdida existiu memo. E quando o velho Bastião jura, cês pode até escrever. O problema é achar essa cidade perdida.

– Ih, Oito, isso aí parece história do Malasartes – um caseiro cutucava o outro.

– Cê pode contar isso aí num desses programas da tevê... – outro deu uma risadinha.

– Vai fazer sucesso! – alguém exclamou fazendo piada.

Um comentário aqui e uma risada debochada dali, o próprio Oito, aborrecido, foi mudando de conversa.

Cinco minutos depois e o assunto parecia ter morrido.

Parecia. Tiago, intrigado com a história, ficou com aquilo da "cidade perdida" martelando na sua cabeça. Mais tarde voltaria a falar com o Oito e procuraria saber tudo, tim-tim por tim-tim.

Uma hora depois, e todos voltaram aos seus afazeres. Sem relógio de ponto a marcar hora de entrada, pausa para almoço e saída, as pessoas do vale esticavam a prosa, mas também encompridavam serviço, acumulavam funções.

– Oito... – Tiago sentou-se debaixo da pitangueira cruzando as pernas. – ...me conta mais coisas dessa "cidade perdida" – o garoto pediu.

Oito ficou meio cismado se devia prosseguir no assunto ou não. Ele não ia admitir se o moleque quisesse só tirar uma em cima dele. Era homem sério, só falava a verdade.

– Cê quer mesmo, menino? – o homem, de falar simples, mãos calejadas, rosto queimado de sol, ainda duvidava.

Tiago, todo orgulhoso de ter ficado mais velho, sentiu-se irritado por ser chamado de menino, mas achou melhor deixar passar.

– Manda, Oito.

– Fui nascido e criado no Bananal, sabe? – Oito começou. – E foi lá, lá mesmo, que um homem chamado Bastião me contou que sabe onde está a tal cidade perdida. Parece que foi soterrada pra mais de quinhentos anos! – ele abaixou o tom da voz.

– Você está falando sério? – Tiago custava a acreditar.

– Pois e o homem não conhece as ruínas dessa cidade? – Oito falou quase num sussurro.

– Alguém mais sabe disso? – a voz de Tiago abaixou como a do amigo.

– Ele bem que procurou as autoridades da região!… – Oito ia relatar a descoberta…

– E aí? – Tiago interrompeu o amigo.

– Como era dado à bebida… Cê sabe, ninguém se incomodou com os acontecimentos – ele finalizou.

Tiago esfriou seu entusiasmo. Por um momento acreditara que a tal cidade poderia mesmo ter existido. O pessoal do sítio tivera razão em debochar do Oito. Mas bem que poderia ser verdade…

– Nossa! – Luís exclamou ao ouvir, mais tarde, a história recontada pelo irmão. – Imagina só se no início do século XXI, com satélites rastreando todos os espaços, seria possível existir uma cidade da qual ninguém tivesse ouvido falar! E além do mais – continuou –, há quinhentos anos só havia indígenas por esses lados aqui. Cidade perdida? Nunca!

– Pois eu acho que aí tem coisa! – Tiago discordou do irmão.

Luís arrependeu-se de ter saído de manhã. Se tivesse ficado, teria ouvido aquele papo maluco.

Tiago não desanimou com os argumentos contrários de Luís. Mais tarde, principalmente depois da risada da mãe, continuou firme no propósito de "tirar a história a limpo".

Era sábado, passava das três da tarde e Tiago decidiu falar com Bartolomeu. Ele podia saber de alguma coisa! – correu em direção à casa do amigo da família.

Era um bom pedaço de chão até a sua casa. Bartolomeu vivia sozinho, sem televisão ou rádio, cercado de plantas e bichos. A cada passo que dava, Tiago imaginava a cidade perdida, com suas ruelas de pedregulhos, casas toscas, janelas encravadas em paredes de pedras.

Bartolomeu estava sentado na rede, amarrada em duas jaqueiras. Pés para fora, nem se levantou para ver quem era. Pelo modo de andar e pisar no mato, já sabia.

– Vamos chegando, Tiago...

– E aí, Bartolomeu? Beleza?

– Beleza... – Bartolomeu levantou para receber a visita.

Entre um gole e outro de suco de maracujá para aliviar a sede, Tiago contou a história do Oito, até que finalizou num só fôlego:

– Pronto. É isso!

Bartolomeu alisou o cabelo comprido, preso num rabo de cavalo, coçou a barba, passou a mão no bigode. Foi só então que falou:

– Veja bem, Tiago, a cada dia aparecem novas descobertas... Em 1994 foi descoberto o complexo de El Pital, no México. Os cientistas descobriram que essa enorme cidade, soterrada há mais de 500 anos, foi um importante centro político, agrícola e comercial. Imagine que seu apogeu foi entre os anos 100 e 600 da era cristã!

– O que mais tinha nessa cidade? – Tiago queria saber.

– Os antigos moradores eram servidos por um sistema de irrigação que ainda hoje seria considerado supermoderno – enquanto explicava, desembrulhava de um guardanapo um pão caseiro feito em forno de barro. – Por lá havia ainda templos de mais de cinquenta metros de altura – partiu e estendeu um pedaço de pão a Tiago. – Foram também encontrados cacos de cerâmica muito estranhos, porém belíssimos.

– Tio Bartolomeu – Tiago sempre deixava escapar um parentesco imaginário com o homem –, como é que essas ruínas puderam ficar tanto tempo escondidas?

– Isso eu não sei... – Bartolomeu tirou seu cachimbo do bolso.

– Bem, essa região do México apresenta uma vegetação bem densa, como em muitas regiões do Brasil, que pode ter escondido a cidade ou permitido que apenas camponeses da região a conhecessem. Na sua simplicidade, nem pensaram em divulgar essa descoberta.

– Como o Bastião e o Oito? – Tiago perguntou, com a boca cheia de pão.

– Não conheço esse "Oito" de quem você tanto fala.

Quase duas horas depois, Tiago voltou para sua casa com um plano arquitetado na cabeça: dar uma ajeitada no velho jipe de guerra do seu pai e tentar, a todo custo, convencê-lo a deixar que ele, Luís e Bartolomeu fossem até Bananal.

Ainda bem que já havia dado uma introdução ao assunto... E sentiu que Bartolomeu até gostara da ideia...

UM CINEMA NA JOGADA

Conversas com Tiago, bate-papos com Luís, Bartolomeu acabou cedendo aos apelos dos meninos.

Sim, eles sabiam que, depois da morte da esposa e de seu único filho num acidente de carro, Bartolomeu nunca mais havia dirigido. Arrasado, deixou a cidade e passou a viver em sua casa de campo. Carro na garagem desde aquela época, passou a andar somente a cavalo. Professor universitário aposentado de Geografia, tinha lecionado para seu pai. E adquiriram as chácaras vizinhas à mesma época.

Seu Geraldo, depois de uma boa dose de insistência, ficou tão cansado daquele papo de "cidade perdida" que acabou por dar o "sim" definitivo.

– Fico tão contente de o Bartolomeu voltar a dirigir... – comentou com Wanda. – E é até bom que, nessas férias, Luís e Tiago façam outra coisa que não seja ficar na frente do computador. Cada coisa que inventam! Cidade perdida! – seu Geraldo deu uma risadinha.

– Geraldo, olha lá, hein? – Wanda não concordava muito com aquela história de "cidade perdida".

Seu Geraldo acalmou a esposa. Bananal, afinal das contas, não era tão longe. Ia arrumar o jipe, deixar tudo certinho, falar com a mãe, Janda.

– Minha sogra ama visitas! Ela vai gostar de receber os três a caminho de Bananal. Todo mundo para ali para comer umas coisinhas, colocar o papo em dia... – Wanda ficou imaginando a alegria de Janda em receber os netos.

Luís ficou todo animado. Apesar de não acreditar nem um pingo naquela história sem pé nem cabeça, iria junto. Mas ainda faltava um obstáculo: Bartolomeu não queria deixar a horta nem sua criação de patos e galinhas.

– Posso falar com o Oito... É ele quem cuida do nosso jardim, da horta e, às vezes, até da nossa cozinha! – Tiago sugeriu. – Também não é tanto tempo assim, tio!

Tiago desceu então a encosta. Já quase sem fôlego, encontrou Oito colocando borra de café em volta dos pés de jabuticaba.

– Ouvi falar que borra de café faz a planta dar uma florada que só vendo! – Oito ficou em pé.

O menino fez então o pedido, no que Oito prontamente acudiu. Pessoa de boa vontade estava ali, bem na sua frente.

Tinham alguns dias para os preparativos, uma vez que o jipe precisava de uns ajustes. Enquanto não partiam, foram muitas descidas e subidas até a casa do Bartolomeu.

– Venham, vamos pra dentro da garagem. Primeira lição: trocar um pneu de carro – Bartolomeu avisou.

– Pra quê? – Luís quis saber.

– Mecânica. Temos que conhecer a máquina – abriu a porta da garagem e mostrou algo que os meninos nem sonhavam: uma Mercedes branca, ano 81!

– Nossa! Desde quando você tem essa Mercedes guardada aí? – os dois estavam impressionados.

– Desde o dia em que desisti de dirigir. Mas acho que estou pronto para recomeçar, Luís... – Bartolomeu respondeu, não dando muita chance para outras perguntas.

Sentados no chão ao lado de Bartolomeu, aprenderam a trocar o pneu e ainda tiveram algumas explicações sobre o motor. Para surpresa dos irmãos, a Mercedes funcionava perfeitamente.

Depois de lavar as mãos e de dividir um pão de cará, Bartolomeu foi até seu quarto e voltou trazendo um mapa, que esticou sobre a mesa da sala.

– Gosto de sair bem cedo... Depois de alcançarmos a marginal do rio Pinheiros e seguirmos pela marginal do Tietê, pegamos a Dutra, bem aqui – fez uma marca com a ponta do facão que trazia preso à cintura. – Saímos depois de amanhã, certo? – confirmou com os meninos.

– É isso aí... – Luís respondeu.

– E bem cedo... Até Pindamonhangaba, são uns duzentos quilômetros de estrada... – Bartolomeu ia apontando o mapa.

– A vó Janda mora lá... – Tiago comentou.

– Por isso mesmo. Seu pai recomendou que a gente desse uma parada por lá. É até bom. Medidas estratégicas.

– Vamos abastecer o jipe na cidade. Lá na vó Janda, vamos abastecer o nosso tanque particular. Me contaram que os doces e salgadinhos dela são famosos! – ele riu dos garotos.

– Ah, isso é verdade! A vó é fera no tacho! – Tiago chegou até a salivar.

– Em que direção iremos, gente? – Bartolomeu perguntou aos dois.

– Iremos para... o leste? – Luís observou sem muita convicção.

– Espera lá! Para verificar com exatidão uma direção qualquer no mapa é indispensável que você o coloque na direção correta dos pontos cardeais. Precisamos de uma bússola... – Bartolomeu seguiu até a oficina. De lá, voltou com uma bússola na palma da mão direita. – Pronto. Aqui está. Coloque a bússola sobre a rosa dos ventos que aparece no canto do mapa – ele apontou. – Agora você sabe de verdade qual direção seguir... – ele sorriu.

– Ih, tio... – Luís interrompeu Bartolomeu. – E quando a gente não tiver uma bússola?

– Isso eu sei! – Tiago ficou em pé, num salto. – Se eu esticar o braço direito para o lado onde parece que o Sol está nascendo, é leste. O oeste fica à esquerda e o norte está à frente.

Luís aproveitou que Bartolomeu e Tiago se distraíam localizando os pontos cardeais em pleno ar para apanhar a bússola e colocá-la no norte, coincidindo com o norte do mapa.

O rapaz virava e virava o instrumento, mas o ponteiro teimava em apontar para o mesmo lado.

– Espera aí, Luís! – Bartolomeu avisou. – Você não pode ficar sacudindo a bússola. Ela é um instrumento de precisão.

– Essa bússola não está funcionando, tio. Dá uma olhada... – Luís pediu. – O ponteiro não quer marcar o norte e só fica nessa direção. Deve ser defeito! – exclamou.

– Não é a bússola que você tem que virar. – Bartolomeu deu risada. – É o mapa!

– Era o que eu estava fazendo... – Luís tentou disfarçar –, mas o mapa é tão grande e tão velho que eu não quis mexer sem a ordem do tio Bartolomeu...

Bartolomeu, tentando conter o riso, girou o mapa e colocou a bússola na posição correta. Só então retomou o assunto.

– Depois de Pindamonhangaba, vamos viajar mais uns sessenta e cinco quilômetros até Cachoeira Paulista. Lá, pegaremos uma estrada secundária... São mais ou menos oitenta quilômetros até Bananal; a maior parte vai ser feita pelo fundo de um vale...

– Que vale? – Luís quis saber.

– O Vale do Paraíba, seu "coió de mola"! – Tiago aproveitou a expressão antiga do vô Bento.

– Quando estivermos perto do estado do Rio de Janeiro, vamos enfrentar a Serra do Quebra-Cangalha e a Serra da Bocaina... – Bartolomeu apontou o mapa.

– Que serras são essas? – Tiago indagou.

– São os outros nomes que a Serra do Mar tem... – Bartolomeu riu da pergunta do Tiago.

– Não era você que sabia de tudo, espertinho? – Luís cutucou o irmão. – Vai, diz aí como é que se usa a escala num mapa como esse? Quanto valem seis centímetros em uma escala de um por um milhão?

– Está valendo o quê? – Tiago se interessou.

– Um cinema! – Luís parecia até meio arrependido da aposta.

Tiago topou na hora.

– Tem lápis e papel, tio? – Tiago pediu. – Escala de um por um milhão quer dizer que um centímetro vale um milhão de centímetros, certo?

Sob o olhar atento de Bartolomeu e Luís, Tiago escreveu o número 1.000.000 e cortou cinco zeros do número, da direita para a esquerda.

– Pronto! – exclamou, vitorioso. – Dez.

– Pronto o quê? Por que tirou os cinco zeros? – Luís provocou.

– Calma!... Um milhão de centímetros equivale a 10 quilômetros, sacou? Cortando os cinco zeros, indico que cada centímetro equivale a 10 quilômetros. Está aí, seu bobo... Seis centímetros em um mapa cuja escala é um por um milhão é o mesmo que 60 quilômetros. Já vou escolher o próximo filme!

Bartolomeu orgulhou-se da resposta de Tiago. Algumas coisas tinham sido ensinadas por ele, outras pelo pai do garoto, mas não pensou que Tiago soubesse ler a escala numérica!

"Ele vai ter o dele", Luís engoliu a seco.

– E em Bananal? Onde é que vamos dormir? Dá pra ir e voltar? – Tiago tinha um brilho de alegria nos olhos.

– Você acha que dá pra ir e voltar no mesmo dia? Só se a gente for voando! – Luís deu risada.

– É, seria bom se a gente ficasse na pensão do Jatércio – Bartolomeu coçou a cabeça.

– Quem é esse? – os dois falaram ao mesmo tempo.

– Um amigo de muito tempo... – ele ficou com o olhar perdido.

– Meu pai sempre diz que é bom reservar antes! – Luís deu uma trégua ao irmão.

Do telefone antigo, motivo de piada dos meninos, Bartolomeu telefonou para Bananal.

– E aí? Tem vaga? – Luís e Tiago estavam aflitos.

– Para três. Pena que a pensão não pertence mais ao Jatércio... Reserva feita, gente! – Bartolomeu levantou-se, dirigindo-se à porta. – Se tudo correr bem, partimos no sábado. Temos quinta e sexta para fazer os preparativos e planejar a nossa viagem. Vamos lá?

PREPARATIVOS

Na sexta-feira o agito era pra valer. Tudo tinha de ficar pronto para saírem bem cedo no dia seguinte.

Enquanto dona Wanda preparava um lanche, seu Geraldo conferia a bagagem:

– Lanterna, canivete, sungas, toalha de banho, cuecas, meias limpas, jeans, tênis, camisetas, duas mantas...

Nada a mais, nada a menos. Ensinara os meninos desde pequenos, quando saíam para acampar, a organizar as coisas de viagem. Tinham aprendido.

– A que horas vocês vão sair? – seu Geraldo quis saber.

– Bartolomeu disse que passa aqui lá pelas cinco e meia – Luís já foi bocejando por conta do horário.

– Antes que eu me esqueça, aqui está o documento do jipe. Entreguem ao Bartolomeu – o pai avisou.

– Quantos dias a gente vai ficar? – Luís perguntou ao irmão.

– Uns cinco, seis… – Tiago estava louco para aumentar a quantidade de dias.

– Bartolomeu ficou de telefonar. Qualquer coisa, vocês dormem na vovó. O sítio dela fica no meio do caminho.

Depois do jantar, cada um deitou numa rede da varanda. Dona Wanda alertou os meninos de que tivessem cuidado com as cobras e que também prestassem atenção às picadas de inseto. Tiago ficaria com o dinheiro da gasolina e Luís com o outro tanto para as despesas miúdas. O gasto com o combustível correria por conta deles e a diária da pensão seria dividida pelos três. Já passava de uma hora da manhã quando Tiago e Luís finalmente dormiram. O tique-taque do despertador seria abafado, com certeza, pelo cacarejar do galo.

Dona Wanda mal havia coado o café e ouvira o sino da porta da frente. Era Bartolomeu. Ele trajava uma velha calça de sarja marrom, botinas até o meio da perna, camisa xadrez de mangas arregaçadas. Num minuto já estava sentado à mesa da cozinha, tomando café. Aceitou de bom grado uma broa de milho, depois da qual acendeu seu cachimbo.

– Os documentos do jipe estão com os meninos, Bartolomeu… – seu Geraldo avisou o amigo professor.

– Minha carteira de motorista ainda está dentro da validade… – Bartolomeu soltou uma baforada do cachimbo.

Seu Geraldo sabia que o amigo estava dizendo aquilo por causa do tempo em que ficara sem dirigir. O professor, afinal, não tinha tanta idade assim. Setenta? Setenta e um? O excesso de sol fizera com que as rugas desenhassem longos caminhos em seu rosto, aparentando mais anos do que realmente tinha.

Apesar das roupas um tanto surradas, era um homem fino no trato, inteligentíssimo, cercado pelo mistério do acidente.

– Meus filhos estão em boas mãos, Bartolomeu... – seu Geraldo esticou o pé num banquinho.

– Dá tempo pro café, tio Bartolomeu? – Tiago e Luís desceram as escadas, morrendo de sono.

– Vão tomando o café, andem... – dona Wanda abriu a janela da cozinha para que o gato saísse.

Mochila no carro, lanche no chão do banco da frente, garrafas de água perto de Luís, no banco de trás, os documentos do carro entregues para Bartolomeu, os beijos demorados da mãe.

O pai estava orgulhoso dos filhos. Achava muito bom que eles se soltassem, vez ou outra. O caminho da sobrevivência era aquele. Junto, vinha um atalho importante: o da sabedoria.

Chave no contato, mochila de Bartolomeu na parte de trás do jipe e o arranque definitivo dos três em direção a Bananal, com direito a parada em Pinda.

Os três, de onde estavam, avistaram Oito carregando um feixe de lenha. Buzinaram para o amigo, que acenou.

– Boa viagem... – Oito veio correndo.

Bartolomeu brecou o jipe, dizendo:

– Espero que dê tudo certo, amigo!

– Vão com Deus! – Oito recomendou.

Novo arranque, acenos em meio à poeira da estradinha do vale e, depois, a estrada de verdade.

Tinham saído com um atraso de meia hora. Eram exatamente seis horas da manhã. A sorte é que com o horário de verão, ainda estava um pouco escuro. A noite, exalando o último bocejo, permitia que a brisa da manhã invadisse o seu espaço.

VÓ JANDA

– Estou cheio de poeira aqui atrás... Estou comendo pó! – Luís reclamou depois de meia hora de viagem.

– Na volta você vem aqui! – Tiago se ajeitou no banco da frente.

– Podemos mudar esse rodízio! – Bartolomeu sugeriu.

– Eu topo... – Luís se animou.

Bartolomeu teve de parar duas vezes para apartar o que foi o começo de uma disputa por um pão de queijo mais recheado que o outro. Sabia bem como era aquela história de irmãos.

– Seu... seu filho de um louco! – ele disparou a buzina para um motorista que lhe fechara a passagem.

– Lugar de antiguidade é no museu! – ainda pôde ouvir a gracinha do homem.

Luís e Tiago se seguraram para não bater a cabeça.

– Acho melhor parar para tomar um pouco de ar! – Bartolomeu

encostou no primeiro posto que encontrou na estrada de Jacareí, depois de rodarem por mais de sessenta quilômetros.

Enquanto o carro era abastecido, Bartolomeu olhava a água do radiador, Tiago e Luís aproveitaram para entrar na lanchonete do posto. Dez minutos depois, já estavam no jipe.

– Ih, acho que furou! – Bartolomeu observou ao olhar o pneu.

Pronto. Assim que desceram e empurraram o jipe até um cantinho do posto, passaram à primeira aula prática da troca de pneus.

– Não achei que a gente fosse ter esse problema! – Tiago reclamou.

– Nunca se sabe o que há pela estrada! – Bartolomeu mostrou um enorme prego no pneu.

Pneu trocado, pé na estrada.

Após outros sessenta e tantos quilômetros de pequenas discussões entre os irmãos, chegaram, finalmente, a Pinda.

Os garotos foram logo dando as indicações do sítio da avó. O jipe mais parecia um campo de farofeiros: migalhas espalhadas pelo chão, saquinhos de papel amassados, restos de frutas dentro de sacos...

– Espero que a dona Janda esteja prevenida para esse trio! – Bartolomeu deu risada.

– E você acha que a minha mãe já não está no pé dela há uns três dias? – Tiago se abanava.

– É ali! – Luís quase pulou pra fora do carro.

No portão, a grossa placa de madeira pendurada por correntes:

Luís saltou do carro e correu tocar o sino preso a uma grande sibipiruna, enquanto Tiago soltava a corrente que prendia o portão à cerca carregada de maracujás.

Vó Janda colocou a mão na testa para tampar o sol. Eram os seus meninos, com certeza, mais a visita.

"Já não era sem tempo!", pensou.

Grude saíra correndo na frente, latindo até não mais poder. Os meninos bem que tentaram segurar o cachorro no colo, mas ele tinha crescido mais que o previsto.

– Como puderam crescer tanto em seis meses? – vó Janda abraçou os garotos.

– Esse é o Bartolomeu, vó... – Tiago apresentou Bartolomeu, que franzia a testa de preocupação com o jipe deixado do lado de fora da porteira.

– Prazer, seu Bartolomeu. Vamos chegar? – foi logo dando a mão para o homem. – Pode trazer o jipe pra dentro... Lá debaixo da paineira tem sombra o dia todo... – convidou.

– É isso mesmo que vou fazer... – Bartolomeu deu meia-volta até o carro.

Tiago, Luís e vó Janda esperaram que Bartolomeu fechasse a porteira e estacionasse o jipe. Em pouco tempo já estavam sentados no terraço, contando as novidades do sítio.

– Quer dizer que ninguém repetiu o ano? Nem recuperação vocês pegaram? – vó Janda piscou o olho.

– Tudo em cima, vó.

– Podem contar mais coisas... – ela pedia, olhar brilhando de satisfação. – Alguma namorada por aí?

Os meninos ficaram sem jeito.

– Ele tem! – Tiago apontou em direção ao Luís.

– Ele também! – Luís apontou para Tiago.

A conversa fiada foi embora. Bartolomeu também entrou na dança, contando pra vó Janda do seu sítio, das suas pequenas plantações, da horta e da futura granja... Trinta e cinco galinhas, doze patos.

– O papo está bom demais, mas se bobear a Valdinete deixa o doce pegar no tacho... – vó Janda levantou-se da cadeira.

Os três aproveitaram e foram andar pelo sítio, enquanto o almoço não ficava pronto.

– Bela fruta – Bartolomeu esticou o braço apanhando uma goiaba do pé.

– Essa não, tio. Está bichada... – Luís arrancou a goiaba da mão de Bartolomeu.

– Mas eu ainda nem dei uma dentada, Luís...

– Dá uma olhada aqui – ele apontou para um pontinho preto. – Viu? A larva deve estar aí, bela e folgada.

– Que nojo! – Tiago fez uma careta.

Antes que Luís jogasse a goiaba no chão, Bartolomeu a pegou da mão do rapaz e deu uma dentada.

– Que nojo! – os irmãos estranharam a coragem do amigo.

– Tudo bem que a fruta tem mesmo alguns bichinhos, mas eu não estou nem aí pra eles. O pontinho preto vale como um carimbo do Grande Fabricante... – Bartolomeu começou a explicar.

– Qual é a desse carimbo?

– É, o que ele diz? – Luís completou a pergunta de Tiago.

– Esse carimbo diz que este produto não contém agrotóxicos. É claro que em letra invisível, representada aqui pelo pontinho preto, a marca do fabricante.

– Como é que é? – os dois até sentaram no chão para ouvir a explicação.

– Uma maçã, um tomate ou uma goiaba como esta, crescida num pomar onde a adubação é natural, não é tão grande quanto àquela encontrada na feira, no supermercado. Vejam: ela não é brilhante nem tão bonita... Mas, muitas vezes, aqueles frutos são grandes porque foram lavados em agrotóxicos. Tudo bem que matou os insetos e impediu a existência de outros... Mas vai saber se não ficaram uns resíduos desse veneno que vai matando a gente, lentamente...

– E por isso a gente não deve mais comprar frutas e legumes nos supermercados? – Luís perguntou.

– Claro que não. Não dá pra evitar estes produtos que "tomam ducha" de agrotóxicos. Depois da compra, damos uma boa lavada neles. Já ajuda. Essa história de que "o que não mata, engorda" precisa ser mudada. Produtos bonitos e apetitosos vão matando a gente aos poucos! – Bartolomeu encerrou o papo assim que ouviu o sino.

– É o aviso de que a comida está pronta... – os garotos saíram correndo em direção à casa.

Vó Janda era mesmo muito caprichosa. A sala de jantar, toda em madeira entalhada, escura, tinha sido suavizada pelo ar campestre das cortinas floridas em azul e amarelo. As almofadas das cadeiras seguiam o mesmo padrão. À frente da mesa, encostado na parede decorada por louça pintada à mão, o aparador de pratos com as terrinas arrumadas sobre uma toalha branca. Na mesa, arroz de carreteiro, bananas à milanesa, vaca atolada, mandioca frita, salada de rúcula, frango com polenta. Uma mistura de comida italiana com comida mineira. As jarras de suco já estavam na mesa: caju, manga, goiaba.

– De goiaba eu não quero! – Luís recusou o oferecimento da avó.

– Virou enjoado agora? – a avó perguntou.

Os três deram risada. Tinham lembrado do bicho da goiaba. Bicho batido seria a pior coisa para Luís.

Sessão de doces. Doce de cidra, de mamão, de goiaba, de abóbora com cal, sem cal, vidrado, banana, rapadurinhas de coco...

– Bem que haviam contado... A senhora deve ser a melhor quituteira da região! – Bartolomeu elogiou.

– É que o senhor ainda não provou o cafezinho torrado e moído na hora! –Valdinete chegou com o café.

Bartolomeu tomou o café na sala de visitas. Ainda embevecido pelo capricho da senhora, fez algumas perguntas sobre os arreios antigos, a roda de carroça que servia de lustre para a sala de jantar, os lampiões do início do século.

Depois do último dedo de prosa, despediram-se para seguir viagem.

– Bem que podiam dormir aqui... – vó Janda ofereceu.

– Quem sabe na volta, dona Janda. Agora eu já aprendi o caminho... – Bartolomeu fez uma pequena reverência com o chapéu.

Tiago e Luís se despediram da avó com um longo abraço.

– Juízo, hein? – vó Janda recomendou. – E o senhor, volte sempre!

Bartolomeu ficou vermelho. Tiago deu um cutucão no Luís. Era impressão ou ali estava pintando alguma coisa? Vó Janda era viúva havia um bom tempo... Bartolomeu também era viúvo... E a avó, além de inteligente, era tão bonita!

Bartolomeu tratou de ligar o jipe e sair dali, ignorando os cochichos e as risadinhas dos rapazes.

– Aí, Bartô! Pintando a minha avó no pedaço, hein? – Luís começou a pegar no pé do amigo.

– Mais respeito, menino... – o homem ajeitou o chapéu na cabeça.

DESTINO: BANANAL

Os sessenta e três quilômetros que separavam Pindamonhangaba de Cachoeira Paulista foram se alongando. Uma parada aqui, uma explicação ali, até alcançarem a cidade, onde pegaram a estrada secundária para Bananal. Quando viram a última placa com a indicação "Bananal – 3 km", já passava de seis da tarde.

O antigo se misturando com o moderno. Bananal era assim. Um misto de passado com presente, salpicado de belezas.

– Cadê o tal hotel, Bartolomeu? – os dois estavam loucos para saber.

– Calma, o jipe está pedindo uma água... – Bartolomeu parou perto da praça principal. Então os três saíram do carro. Bartolomeu tratou logo de abrir o capô do jipe.

– Algum problema? – um homem de idade avançada apareceu para ajudar.

– Pedindo água, só isso. É a idade, sabe como é...

Enquanto Bartolomeu entrava num barzinho à procura de água, Luís perguntou:

– Conhece um homem chamado Bastião? – ele puxou o senhorzinho pela manga do casaco.

– Bastião? Ih, deve ter uma porção... – o senhorzinho soltou uma baforada do cigarro de palha.

– Mas é um Bastião especial... – Tiago entrou na conversa. – Ele é meio dado à bebida, sabe? Dizem que ele tem muitas histórias pra contar... Uma delas, sobre uma cidade perdida!

– Sei não... Quem sabe o Zé Porco conhece... – o velhinho olhava para o nada.

Bartolomeu chamou os meninos. De onde estava, ouviu as perguntas. Ele também fizera algumas ao rapaz do bar, que arrumara a água. Mas nada obteve.

Antes de irem para o hotel, deram uma volta pela cidade. Com o calor, muitas pessoas se encontravam nas ruas, conversando, umas em bares, outras passeando. Bartolomeu, com ares de pouco caso, fazia uma pergunta aqui, indagava ali. Mas as pessoas simplesmente desconversavam. Uma senhora na janela, diante da pergunta de Tiago, teve a coragem de fechá-la na sua cara.

– Sem educação, é o que ela é! – Tiago ficou indignado.

– Melhor irmos para o hotel. Amanhã temos tempo pra conversar e perguntar pelo homem – Bartolomeu concluiu.

JATÉRCIO'S

O nome da pousada era o mesmo. Agora, quem tomava conta era o sobrinho do Jatércio, Jaildo, que recebeu os hóspedes com muita satisfação.

– Achei que fossem chegar mais cedo – Jaildo tratou de pegar as mochilas dos hóspedes. – Reservei dois quartos pros três, com uma porta de comunicação no meio. – As roupas de cama são limpas, tem água na moringa. Vocês gostam de travesseiro de paina ou de penas? É, porque aqui a gente faz o gosto do freguês – ele continuava, muito prestativo, falando pelos cotovelos. – Deixei na copa um bom prato de canja. É de galinha. Tá uma delícia. Nem precisa ligar o chuveiro. O fogão é a lenha e aproveita pra esquentar a água. Como a gente cozinhou agora há pouco, é só subir correndo para os quartos 7 e 8, entrar no bosque e mandar a água rolar! – finalizou a explicação.

Os três seguraram o riso, pensando a mesma coisa: boxe, e não "bosque".

Luís, Tiago e Bartolomeu acharam melhor aproveitar a água quente. Apesar do calor, eles não estavam acostumados com banhos gelados.

Os quartos eram bem limpos, com lençóis brancos, travesseiros fofos. Despojados de qualquer coisa moderna, como TV, vídeo e som, traziam apenas um rádio preto, provavelmente de válvula, tecido já meio desbotado à frente. No canto do quarto dos meninos, um malão antigo, revistas quase tão antigas quanto, um guarda-roupa com cabides de madeira. Na janela, a infalível tela-mosquiteiro e, ao lado das camas, sobre o criado-mudo, castiçal, vela e fósforo. O quarto de Bartolomeu não era muito diferente, a não ser por uma cesta de vime no chão, entupida de revistas antigas e jornais amarelados, provavelmente de três, quatro anos atrás.

O banheiro, pequeno, serviu de minúsculo palco para uma pequena batalha a ser travada: quem toma banho primeiro?

Disputa de joquempô decidida, outra luta para que Luís saísse antes que a água quente terminasse e Tiago e Bartolomeu tomassem banho gelado.

Depois de quase uma hora de sessão banho, abre mochila, cadê cueca, onde foi parar minha escova de dentes e sumiu a escova de cabelo, os dois saíram do quarto para jantar. Bartolomeu já estava na sala dos hóspedes, conversando com Jaildo. Para falar a verdade, ouvindo Jaildo.

Tomaram a canja preparada por Abelina, mulher de Jaildo. Abelina bem que tentou saber o motivo da vinda dos três, mas Jaildo não dava trégua.

– Deixe eles, Abelina. Você não vê que estão cansados? Tão com os bofes de fora. Mais canja, gente? – oferecia, sem parar de falar um segundo.

– Muito obrigado! – o trio, mais que cansado, agradecia.

Os garotos bem que quiseram dar uma sondada com os poucos hóspedes que estavam vendo televisão na sala de estar, mas Bartolomeu achou que eles deveriam ir para cama. No dia seguinte, começariam as investigações.

– Estou pregado! – Tiago reclamou enquanto enfiava o pijama.

– Preguei faz tempo! – Luís tratou de verificar a tranca da janela.

– Boa noite, meninos... – Bartolomeu apareceu na porta do quarto. – Amanhã tem mais! – ele piscou o olho, fechando a porta.

Apesar do sono, Tiago ainda teve tempo de um comentário:

– Está pensando no que eu estou pensando?

– Depende.

– Na vó Janda e no Bartolomeu.

– Na mosca.

– Mas essa história a gente pode deixar pra ajeitar depois, combinado?

– Fechado.

Pronto. Agora Tiago ia mais era sonhar com a Camila. Essa era uma história que estava apenas começando. E ele estava com uma saudade enorme da menina. Quando voltasse de Bananal, ia atrás da garota. Antes que outro o fizesse.

BARTOLOMEU HOLMES, SHERLOCK LUÍS & TIAGO WATSON

Foi só depois que Bartolomeu escancarou a janela que os dois acordaram por completo.

Depois de prontos, desceram os dois lances de escada em direção à copa. Era lá que o café estava sendo servido. Abelina trouxe leite, café, bananada, queijo fresco, pão caseiro, manteiga, suco de laranja. Os três comeram até não sobrar uma só fatia de pão.

– Cadê o Jaildo? – Bartolomeu quis saber.

– Foi fazer uns pagamentos, seu Bartolomeu… – o tom de voz de Abelina era quase um sussurro.

– Você já ouviu falar de um tal de Bastião, um senhor bem de idade que… – Bartolomeu foi com todo o cuidado.

Por alguns segundos, viu um brilho diferente nos olhos de Abelina. Mas só por segundos, porque ela, com um fio de voz, respondeu:

– Sei não… – ela saiu, arrastando os chinelos e torcendo o avental.

36

– Acho melhor a gente perguntar por aí... – Tiago sugeriu.

– É, nos bares, perto da igreja... – Luís continuou.

Terminado o café, os três saíram a pé pelo centro da cidade. Assim que viu um menino engraxando o sapato de um homem, Bartolomeu combinou com os irmãos:

– Vou conversar com o companheiro ali – apontou. – Aproveitem e façam o mesmo.

Os dois gostaram da ideia de sair à procura de gente, perguntando do Bastião.

– Quem? Só se for o Bastião da Nega... – uma mulher se apressou a responder a Tiago. – Chama o Bastião lá no quintal... – ela pediu ao filho.

Tiago ficou todo contente, mas assim que viu o tamanho do Bastião disse um "muito obrigado" e voltou para a esquina, onde Luís o esperava.

– E daí?

– Daí que o Bastião dela tem três anos. E meio! – Tiago estava todo desapontado. – E você? Alguma novidade? – perguntou ao Luís.

– Dois disseram que já ouviram, sim... Mas nem desconfiam onde ele mora.

Perambularam pela cidade perguntando, como quem não quer nada. Quando encontraram Bartolomeu, desabafaram:

– Só pode ser mentira do Oito, Bartolomeu – Tiago começou.

– É isso aí. Quando sabem quem é, não dizem onde o cidadão mora... – Luís continuou.

– E desviam o assunto! – Bartolomeu sentou-se num banco da praça. – Ficam desconfiados.

– Vai graxa aí, moço? – o mesmo engraxate-menino perguntou.

– Capricha na botina! – Bartolomeu pediu, sentando-se sobre o caixote de madeira do moleque.

Luís e Tiago ficaram por ali. Com certeza Bartolomeu conseguiria arrancar alguma coisa do menino. E não deu outra:

– Eu ouvi quando o senhor perguntou pro homem que engraxou o sapato... Sobre o Bastião... – o menino falou, enquanto fazia verdadeiros malabarismos com a graxa e a flanela.

– Nós viemos de muito longe pra tirar um dedinho de prosa com ele... Qual o seu nome, filho? – Bartolomeu quis saber.

– Amauri.

– E aí, Amauri, por onde anda o Bastião? Você pode nos contar?

– O Bastião existe, sim... Todo mundo sabe disso. Só que com o pessoal que vem de fora, a gente fala que não sabe.

– Mas por que todo mundo tem medo de falar dele? – Tiago perguntou.

– Você não pode contar o que sabe? – Luís imitou o irmão.

– A gente é amigo, meu! – Tiago tentou criar um clima descontraído.

Amauri olhou em volta e continuou, enquanto engraxava as botinas:

– Bastião viveu aqui, sim. Acontece que o velho Bastião... – interrompeu a fala ao ouvir um assobio.

– Pronto! – deu uma batida com a flanela sobre a botina de Bartolomeu e esticou a mão direita à espera de um trocado.

Bartolomeu deu um trocado ao garoto, que largou a caixa de engraxate e atravessou a rua, correndo.

– Alguém chamou o menino. Devem ter percebido que ele estava contando alguma coisa pra gente! – Tiago concluiu.

Os três ainda chegaram a fazer algumas tentativas pela cidade. Foram bem recebidos, ouviam histórias, casos, mas nada sobre Bastião. A cada pergunta sobre o homem, mudavam de assunto.

Almoçaram num pequeno restaurante, cujo dono, simpático, depois de servir os fregueses, pegava na viola e dedilhava canções de sua autoria.

38

Já estavam com os pés doendo de tanto andar. Tinham entrado em botecos, padarias, mercadinhos. Era domingo e nem tudo abria ali em Bananal.

Luís tinha até feito amizade com uma garota da sua idade, que viera de São Paulo. Oferecera-lhe sorvete e contara o que viera fazer na cidade. A menina era nova ali, nunca tinha ouvido falar do tal Bastião.

Já passava das seis horas da tarde quando resolveram voltar à pousada.

NA CALADA DA NOITE

Jaildo estava passando uma água no jipe de Bartolomeu.

– Isso aqui estava sujo que só vendo... Cheio de pó até o topo! – ele queria agradar ao máximo os seus clientes.

– Obrigado, Jaildo. Muito amável da sua parte.

Jaildo pediu que Mariquinha, responsável pela cozinha, aprontasse a janta dos retardatários.

– O pessoal tem fome cedo... Já são mais de sete! – Jaildo apontou o relógio da sala, onde um ou outro hóspede assistia ao noticiário.

– Acabamos ficando pela cidade... Tem tanta coisa pra ver... – Tiago e Luís tentavam ser amáveis.

"E pouco ou nada para se ouvir!", Bartolomeu pensou.

Mariquinha e Abelina serviram uma sopa de mandioquinha que estava realmente uma delícia. No meio da mesa, uma enorme quantidade de torradas amanteigadas.

40

Enquanto Abelina ia e voltava da cozinha, Bartolomeu aproveitou para fazer a mesma pergunta que martelava desde cedo:

– Mariquinha, por acaso você conhece um tal de Bastião, sujeito de idade avançada, que vive por aqui na cidade?

A moça balançou a cabeça, não sem antes dar uma olhada em direção à cozinha.

– Com certeza é mais uma que sabe e não quer abrir o bico... – Tiago cochichou no ouvido do irmão. – Não sei por que todo mundo foge do assunto. O que será que acontece?

– Algo muito estranho, pode crer... – respondeu Luís.

Acabado o jantar, os três resolveram assistir a um pouco de TV junto aos outros hóspedes. Jaildo falava tanto, contava, perguntava ao mesmo tempo, respondia às próprias perguntas, que Bartolomeu acabou cochilando. Já passava de nove e meia quando os meninos o cutucaram para irem para o quarto. Eles tampouco conseguiram alguma coisa. Estavam bem desanimados.

– Só se voltarmos para o nosso sítio e pegarmos o Oito pela orelha – Luís estava louco da vida.

– Se ele vier... com a gente, com certeza vamos... descobrir onde é que esse Bastião se meteu... – Tiago falava enquanto escovava os dentes.

Bartolomeu alisou a roupa em cima da cadeira. Estava decepcionado.

"Como pude ser tão besta a ponto de acreditar numa história dessas? Esse Bastião só pode ser folclore. Pelo menos valeu a pena ter conhecido Janda...", pensava enquanto puxava o lençol da cama.

Luís e Tiago não paravam de discutir. Dessa vez era Tiago tirando uma de Luís por causa da garota a quem pagara sorvete na cidade.

– Ei, querem parar de falar? – Bartolomeu pediu pela porta entreaberta do seu quarto. – Já são mais de dez horas! – olhou o relógio.

Nada. Os dois continuavam a discussão.

O homem deu um salto da cama e correu até o quarto dos meninos:

– Psiu... Parece que tem alguém batendo na janela de vocês... – foi abaixando a voz.

Tiago e Luís emudeceram.

Bartolomeu abriu a janela de um só tranco e esticou o braço, puxando, para cima, nada mais, nada menos que Amauri, o engraxate. Com a outra mão, colocou-o para dentro do quarto. O garoto, assustado, tremia muito.

Luz acesa, Amauri sentou-se na cama de Luís, entre os dois irmãos.

– Lá na... na praça... não... não dava pra contar do... Bas... Bastião... – o menino estava com medo.

– Calma... Fale devagar... Você sabe onde ele mora? – Tiago perguntou.

– Pode levar a gente até lá? – Luís estava animado.

– Eu... po... posso... – Amauri até tremia, coitado.

– Espere um pouco. Vamos colocar nossas roupas! – Bartolomeu fez sinal aos meninos.

Em alguns minutos os três, prontos para o que desse e viesse, pulavam a janela e se esgueiravam pelo corredor lateral da pensão, na esperança de que ninguém os visse sair acompanhados pelo Amauri.

Assim que dobraram a esquina, suspiraram aliviados. Amauri, sem dizer uma palavra, andava rapidamente na direção oposta ao centro da cidade. Ruas de traçado irregular, terra batida, casebres pouco iluminados. A cada cinco, dez minutos, o cenário mudava de figura e o garoto adquiria um ar de confiança, como se os lugares por onde passavam fossem seu verdadeiro hábitat. E eram.

A cada tentativa de conversa, Amauri apressava o passo. Para sorte dos três andarilhos, estavam calçando botinas resistentes a terra, pó e um bocado de buracos. Para mais sorte de Tiago e Luís, Bartolomeu não se esquecera de trazer a sua mochila de couro.

– Vamos por ali… – Amauri apontou para uma picada aberta no mato.

Bartolomeu abriu a sua mochila e tirou uma grossa lanterna.

Tiago e Luís suspiraram, aliviados. Não lhes passara pela cabeça que o menino os levasse a uma picada no mato. Escuro ali era pouco.

BASTIÃO OU SÓCRATES?

Apesar da escuridão suavizada pela lanterna, Luís pisava com certa relutância no chão coberto de folhas.

Amauri seguia à frente, afastando alguns ramos.

– Até que enfim vejo bananeiras em Bananal... – Tiago tentou ser engraçado.

Cachorros, de repente, começaram a aparecer de tudo quanto era canto. E latiam até não poder mais. Bartolomeu fez sinal de silêncio para os meninos e abaixou a lanterna. Amauri os tranquilizou:

– Eita, quietos... Lisca... Vai, vai... – mexeu com os cachorros como se os conhecesse. – Tudo cachorro do mato... Se ficarem comigo, eles não mordem, não – continuou a caminhar, agora de forma mais lenta.

Os cachorros acompanhavam os quatro, latindo à sua volta.

Alguns passos mais à frente, o terreno foi ficando limpo e uma tênue luz se fez enxergar.

– Olha lá o velho Bastião… Pronto – Amauri apontou para um casebre mal iluminado.

– Chega! – um homem gritou para os cães.

Um silêncio caiu sobre a mata. Como num toque mágico, os cachorros correram em direção a ele, rabos entre as pernas, orelhas murchas. Foi então que puderam distinguir um homem bem idoso, cabelo e barbas bem brancas.

Antes que Amauri apresentasse Bartolomeu a Bastião, o velho reclamou:

– Demoraram demais…

– Viemos o mais rápido possível… – Bartolomeu tentou se justificar.

– Você não entendeu. Há muito tempo eu sabia que vocês viriam… Mais de seis meses… Por que demoraram tanto?

"Muito tempo? Que história era aquela? O Oito nem estava no sítio há seis meses! Será que o homem era mágico, vidente?", os três se entreolhavam, abismados.

Havia muita coisa estranha ali. Bastião nem tinha o mesmo sotaque da maioria das pessoas com quem tinham conversado!

– Mas só há alguns dias é que resolvemos vir pra Bananal, seu Bastião… – Bartolomeu tomou a fala.

Bastião fez um gesto para que entrassem em seu casebre. A lenha ainda queimando no fogão da cozinha trazia mais luz. Outro gesto para que se sentassem nos toscos bancos de madeira e Bastião continuou:

– Já estava marcado nas estrelas que vocês viriam. Meu nome é Sócrates, e não Bastião. Meu tempo está muito distante do tempo da Terra…

– Cadê o Amauri? – Tiago notou a ausência do menino.

45

– Amauri não existe – o velho soltou uma grande baforada do seu cigarro de palha. – Vocês vieram parar aqui pelas suas próprias pernas.

– Mas o menino, quer dizer, o engraxate foi até a pousada, bateu... – Bartolomeu ficou em pé, procurando pelo menino.

O latido de um dos cachorros fez com que o Bartolomeu se sentasse novamente.

– Vocês estão muito atrasados. Preciso voltar ao meu tempo – o velho mudou o assunto, franzindo a testa. – A minha missão está terminando e Querofonte está me esperando há tempos. Este documento vai ficar com vocês – ele entregou um embrulho para Bartolomeu. – Agora é hora de cumprirem a sua missão – o velho levantou-se do banquinho e saiu pela porta da cozinha em direção a um terreiro de chão batido.

Segurando o pacote, Bartolomeu levantou-se atrás do velho.

– Seu Sócrates, espere... Preciso falar com o senhor... – dirigiu o foco da lanterna para fora.

Lá fora, o luar sobre o casebre, o piar de uma coruja, o grande silêncio das estrelas. Sócrates e os cachorros haviam simplesmente sumido no meio da mata... Ou evaporado por entre as estrelas, cúmplices de um grande segredo.

Tiago e Luís ainda tentaram procurar pelo velho, mas nada. No casebre, nenhuma pista fora deixada. Vasculharam, com a ajuda de um lampião, cada cantinho. Nenhum nome, nenhum papel. Nada.

– Você já abriu o pacote? – os dois estavam ansiosos.

– Não. Aqui está meio escuro. Na pousada nós abriremos, com calma.

Bartolomeu estava sério. Na verdade, preocupava-se com o caminho de volta. Será que conseguiria tirar os meninos dali?

Alívio. Não foi assim tão difícil. Hesitando aqui e ali, conseguiram fazer o caminho de volta. Estavam com as roupas salpicadas de picões e se coçavam por causa dos pernilongos, mas nada que um bom unguento não resolvesse. Tiago e Luís estavam arfando, discutindo sobre a existência de Amauri, fazendo apostas sobre o conteúdo do documento.

Ao se aproximarem da pousada, decidiram voltar pelo mesmo caminho: a janela. A porta da frente e o portão já estavam trancados. Pularam o portão e se esgueiraram pela lateral. Pronto. De volta ao quarto... Rumo ao documento.

– Ufa! Que alívio! – Tiago exclamou ao despencar sobre a cama limpa.

– Não vejo a hora de tomar um banho, nem que seja gelado... – Luís tratou de ir arrancando a botina do pé.

Bartolomeu colocou a mochila sobre o baú e sentou-se na cadeira de balanço. Era hora de desatar o nó que prendia o papel pardo e ver o conteúdo do documento.

Tiago e Luís sentaram-se no chão para ver.

UMA MENSAGEM ENIGMÁTICA

– Sócrates! Nome mais esquisito, não? – os irmãos estranharam.

– Esse é o nome de um sábio grego que viveu centenas de anos antes de Cristo. Esse sábio tinha um amigo, chamado Querofonte…

– Ei, ele falou nesse nome lá no casebre… – Tiago observou.

– Pois é…. – Bartolomeu continuou. – O Oráculo de Delfos anunciou a Querofonte que Sócrates era o mais sábio dos homens.

Luís e Tiago interromperam Bartolomeu querendo saber o que vinha a ser o Oráculo de Delfos. Bartolomeu explicou que Delfos era o nome do mais famoso santuário da Grécia antiga. Lá, o oráculo, uma espécie de mensageiro do Olimpo, respondia às perguntas que os homens faziam aos deuses. Como essas respostas nem sempre eram entendidas, uma sacerdotisa as interpretava. Pois foi esse oráculo que disse a Querofonte que Sócrates era o mais sábio dos homens e que a sabedoria dele começava por admitir que nada sabia.

Luís não concordou com a explicação. Como é que um homem que dizia não saber nada poderia ser considerado sábio?

– Vai, tio... Abre logo isso aí! – Tiago pôs um fim às explicações de Bartolomeu.

Bartolomeu abriu o que parecia mais um pedaço de couro velho e gasto.

– Parece um desenho de criança! – Luís deu uma espiada. – Sócrates pode até ter milhares de anos e querer que a gente acredite que ele é um filósofo grego, mas esse pedaço de couro não parece tão velho assim.

– Ô tio, acho que quiseram só dar a impressão de velho... Deram uma amassada aqui e ali, está vendo? – Tiago apontou para umas marcas no couro. – Uma vez, na aula de artes, a gente aprendeu que, jogando conhaque ou aguardente sobre um papel, ele fica com um aspecto envelhecido.

– E as pontas foram queimadas! – Luís tentava se sobressair ao irmão. – Está na cara que quem fabricou isso queria dar a impressão de o documento ter mais de mil anos.

Bartolomeu impressionou-se com a esperteza dos dois.

– É o desenho que me preocupa! – Bartolomeu desabafou. – Deve ter sido feito a fogo com um pirógrafo, vejam! Parece ser uma mensagem enigmática como essas que aparecem em revistas de palavras cruzadas. Deem uma olhada... – mostrou.

– Engraçado... A mensagem parece ser formada por três palavras... A primeira e a terceira são bem maiores que a do meio, mais curtinha... – Tiago comentou.

Luís pegou o pedaço de couro da mão do irmão:

– Não!

– Não o quê? – Bartolomeu e Tiago estranharam.

– Não, é claro que você está certo. A segunda palavra pode ser "não". Ela fica no meio e tem apenas três letras!

– Bartolomeu, você consegue decifrar a mensagem? – Tiago tomou o pedaço de couro, entregando-o para o "tio".

– Não sei, Tiago. Não existe nenhum código, alguns símbolos se repetem... Essa âncora aqui aparece várias vezes! – Bartolomeu comentou. – Decifrar mensagens não é algo tão impossível... Quem a escreveu pretendia que ela fosse decifrada. A quantidade de letras repetidas pode ser uma pista.

– Sabe o que eu saquei? Tem um monte de símbolos ligados a coisas do mar: âncora, concha, peixe... – Luís apontou para os desenhos.

– E a estrela pode ser estrela-do-mar! – Tiago completou.

– Há uma certa coerência nisso que vocês estão falando! – Bartolomeu se animou. – Mas a maior coerência agora é que nós três... – ele fez um clima de suspense... – Vamos direto...

– Nós três vamos aonde? – os dois se animaram, apesar do cansaço.

– Pra cama! – Bartolomeu dobrou o couro, enfiando-o no bolso da calça. – Amanhã encerramos a conta aqui na pousada.

– Você está desistindo, tio? – Tiago quase não acreditava no que estava ouvindo.

Bartolomeu acalmou os meninos. Ninguém estava desistindo. O que acontecia é que não resolveriam nada em Bananal. Mais um dia na pousada e teriam de pagar outra diária. Voltariam para casa e decodificariam a mensagem.

– E se parássemos no sítio da vó Janda? Não vamos ter de pagar diária! – Tiago sugeriu e Luís topou na hora.

– Tudo bem – Bartolomeu consentiu. – Mas de lá a gente liga para seus pais. Se eles concordarem com a esticada...

51

Mais uns minutos discutindo, conversando, sonhando com a resolução do enigma e o trio acabou indo, realmente, para a cama.

Cansados, nem chegaram a ouvir que a chuva batia nas janelas, sacudindo-as fortemente.

De manhã, tomaram o café sem muito papo. Queriam fechar logo a conta para, em seguida, pegarem a estrada para Pinda.

Tiago e Luís deram o dinheiro para que Bartolomeu acertasse a conta. Jaildo estava desapontado. Esperava que os hóspedes ficassem mais dias.

Após o acerto e a despedida, colocaram as malas no jipe.

Bartolomeu deu, antes de sair da cidade, uma volta pela praça. Tudo na esperança de ver Amauri. Nada. Havia, sim, outro engraxate em frente ao bar. Tiago, com a cabeça para fora do carro, perguntou ao engraxate se conhecia Amauri.

– Quem? – o menino estranhou a pergunta.

Bartolomeu tocou o jipe. Aquilo tudo era um sonho? Amauri existia ou não? Depois de dar umas quatro voltas pelas redondezas, não avistaram nada parecido com o que haviam encontrado na noite anterior. Onde é que ficava a entrada para o casebre de Sócrates? Tudo bem que o que se vê à noite é diferente do que se enxerga à luz do dia, mas não encontraram nada que lembrasse a pequena mata que servia de entrada para o casebre.

Tiago, vendo um homem vendendo alguns enfeites, quase na saída da cidade, pediu a Bartolomeu que parasse o carro. Desceu, deu um dinheiro ao homem e voltou com uma sacolinha na mão.

– O que foi? – os dois quiseram saber.

– Disse ao Oito que levaria um presentinho. Já pensou chegar de mão abanando?

UM ENIGMA NO SÍTIO

– O que houve? – vó Janda estranhou o retorno rápido dos meninos. – Vocês não iam ficar mais dias por lá?

– Que tal um enigma, vó? – Tiago provocou.

– Vó Janda, se a gente acampar aqui por uns dias, você dá um descontão? – Luís foi saltando do jipe e pulando no pescoço da avó.

A avó sorriu. Foi daí que Bartolomeu se encantou ainda mais com a senhora. Ela possuía o brilho da juventude no olhar, o tom da sabedoria nos cabelos arrumados num belo coque, meio fofo, a derramar uma ou outra mecha de cabelo mais rebelde sobre os ombros, as faces rosadas pelo sol da manhã. Bartolomeu, meio sem jeito, arrumou o rabo de cavalo e apertou mais os olhos. Janda ficou olhando aquele homem alto, cabelo prateado, preso num rabo de cavalo bem pouco próprio para a idade. Quantos anos teria aquele senhor tão cheio de juventude? Por que a olhava daquela maneira tão escancarada? Sabia que era íntimo dos meninos, que morava próximo ao sítio deles, que tinha uns hábitos estranhos. Era do mato, diziam. E não havia quem não gostasse dele.

Mochilas nos quartos, vó Janda ouviu atentamente o relato atrapalhado de Tiago e de Luís. Vez ou outra, Bartolomeu pedia um aparte e explicava o acontecido. Enquanto os garotos ligavam para casa pedindo permissão para mais uns dias fora, vó Janda acomodou Bartolomeu num dos quartos.

Tiago e Luís estavam loucos para decifrar o enigma, mas vó Janda praticamente suspendeu a "operação". Era hora de dar um tempo, tomar um banho, tirar o pó, arrumar as roupas nos armários. Gostaria que demorassem para decifrar o enigma. Ela tinha lá os seus motivos.

Depois de prontos, enquanto Bartolomeu e os dois moleques se ajeitavam na mesa da varanda, a avó veio chamar para o almoço:

– Nada muito especial, gente! Vocês chegaram sem avisar! – ela se desculpou.

Imagine se tivessem avisado. O almoço foi uma delícia.

Barrigas cheias, café tomado, dentes escovados, passaram para a mesa grande de madeira da sala.

– Aqui está o enigma, dona Janda… – Bartolomeu começou.

– Sem o dona, por favor… – Janda pediu, meio sem graça, esticando para Bartolomeu algumas folhas de papel sulfite.

– Pois bem – Bartolomeu olhava para os meninos. – A dedução fica a meio caminho entre a arte e a inteligência. Deduzir é raciocinar, somando uma ideia a outra, subtraindo os pensamentos inúteis. Vamos deduzir a mensagem desta carta. "Quem aqui me vê, não me vê." – Bartolomeu profetizou.

– Champollion! – Janda matou a charada.

Os dois olharam para a avó e para Bartolomeu. Não entenderam nada.

– Champollion foi um cientista francês... O primeiro a decifrar os hieróglifos, sabem? Aqueles símbolos que o povo egípcio usava para escrever suas mensagens. Até então não se sabia muito sobre a vida desse povo – ela explicou, com a maior naturalidade.

– Fala mais! – Tiago pediu.

– Jean-François Champollion era seu nome completo. – completou Bartolomeu, que ficara feliz ao descobrir mais uma qualidade na avó dos garotos.

– Será que essa mensagem não está escrita em hieróglifos? – Tiago quis saber.

– É mesmo! – Luís concordou.

– Não – Bartolomeu foi taxativo. – Vou dar a você um exemplo dos símbolos usados como hieróglifos... – ele puxou uma folha, fazendo alguns desenhos. – Este equivalia a "boi", este outro a "casa"... Este a "boca", "mão" e "olhar".

– Cada desenho representava um objeto, é isso? – Tiago perguntou.

– Objeto ou ideia. Acontece que a quantidade de símbolos foi aumentando e esse tipo de escrita começou a virar um problema. Foi quando se passou a escrever símbolos que representavam não só conceitos, mas também sons. Vocês têm uma ideia de como Champollion decifrou os hieróglifos?

– Nem imagino! – Tiago estava pensativo.

– Os franceses, ao explorarem o Egito, encontraram uma pilastra, conhecida como Pedra de Roseta. Nesta pilastra estava escrito um decreto do faraó – em hieróglifos, em egípcio demótico e em grego. Comparando as letras, Champollion foi decifrando, um a um, o significado de todos os símbolos. A vantagem em conhecer o grego facilitou a tarefa. Usaremos o mesmo princípio para decodificar essa mensagem. Reparem que cada símbolo deve valer uma letra. Observem que alguns se repetem mais vezes. Na nossa escrita, quais são as letras que mais se repetem?

– As vogais! – os meninos e a avó responderam ao mesmo tempo.

– Exatamente – Bartolomeu concordou. – Notem que mesmo entre as vogais existem umas que aparecem mais que as outras. O A, por exemplo, é muito mais frequente que o U. Deem uma olhada... ele ergueu o papel. – Qual é o símbolo que aparece mais vezes?

– É a âncora, tio! – Tiago gritou.

– Não é, não. É a ampulheta! – Luís corrigiu.

– A palmeira? – vó Janda estava na dúvida.

– O Luís acertou. É a ampulheta. Vamos supor que a ampulheta seja mesmo a letra A... Neste caso, a mensagem ficaria assim... – Bartolomeu rabiscou num papel:

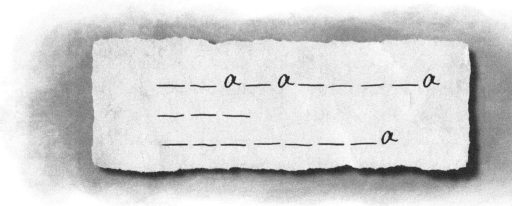

– E se a ampulheta for a letra O? – vó Janda jogou um pouco mais de lenha na fogueira.

– Ih, vó, agora complicou! – os meninos reclamaram.

57

– Tudo bem, poderia ser, sim. – Bartolomeu continuou. – Neste caso, ficaria assim:

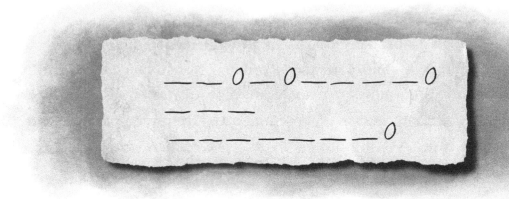

– Só de pensar em tanta possibilidade dá até preguiça! – Luís reclamou.

É. Preguiça é o que não poderia ter ali. Entre rabiscos, possibilidades remotas e próximas, Valdinete ia trazendo pães de queijo recheados com requeijão, suco de caju e de manga para abastecer a barriga do quarteto.

– Saco vazio não para em pé e não pensa. Fica sem pensar... – foi o ditado mais engraçado que os meninos ouviram até então.

Algumas conversas paralelas e o enigma sempre no centro das atenções.

– Seu Bartolomeu, o que mais aparece com frequência depois da ampulheta é a âncora! – Janda tinha certeza.

– Primeiro, sem o "seu"... – Bartolomeu brincou. – De fato, é a âncora.

– Bem, uma consoante muito presente na nossa língua é a letra M... – ela apoiou as mãos sob o queixo.

– Vamos tentar... – Tiago pegou outro pedaço de papel e começou a substituir a âncora pela letra M. – Ficaria assim:

– Ih, se a âncora for mesmo o M, não ajudou nada na segunda nem na terceira palavra... – Luís interferiu.

– Sem contar que em vez de M pode ser o O... – Tiago apontou.

– Mas acho que o M deu uma cara mais definida! – vó Janda exclamou.

Os quatro ficaram olhando a mensagem por alguns minutos, em silêncio, até que Tiago lembrou:

– M antes do P e do B... Lembra da professora Mariazinha na escola, Luís? – Tiago quase pulou da cadeira. – Ela repetia isso o dia inteiro!

– Hum...Vamos tentar o B primeiro...

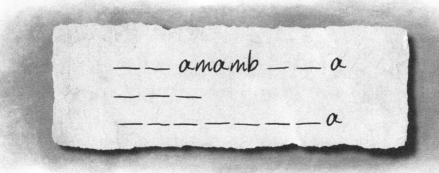

– Espera lá! – Bartolomeu quase subiu em cima da mesa. – Acho que estamos perto. A primeira palavra parece ter origem indígena. Seu som me lembra... Anhangabaú... e samambaia.

– Camambira! – Janda exclamou.

– Tamambura! – Tiago sugeriu.

– Lamambeta! – Luís inventou.

– Assim não vamos chegar a lugar algum. Vamos passar para a segunda palavra, que é curtinha.... Hum, ela poderia ser "não". Mas não é porque o A está representado pela ampulheta... Qual é a palavra com três sílabas que não tem a letra A? – Bartolomeu falava como se quisesse encontrar a resposta.

– Réu? – Janda perguntou, baixinho.

– Véu? – foi a vez de Luís.

– Céu? – Tiago franziu as sobrancelhas.

– Muitas delas têm a letra E no meio... – Bartolomeu concluiu. – Vamos imaginar que a palmeira seja o E... – e reescreveu a mensagem substituindo o símbolo da palmeira pela letra E:

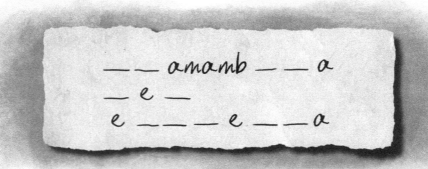

– Mas se a palmeira é a letra E, não houve avanço na primeira palavra... – Tiago observou.

– Mas um progresso em relação à terceira! – vó Janda estava exultante.

Mais animados, foram substituindo outros símbolos por vogais. A melhor configuração obtida apareceu quando Bartolomeu teve a ideia de substituir o punhal pela letra U:

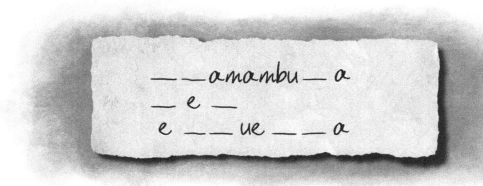

– Que tal? – perguntou a todos.

– Pra mim, é grego! – Valdinete, que estava entrando com uns sanduíches, estranhou. – Hora da boia, gente! Fiz uns lanchinhos porque já até escureceu e vocês estão aí enfronhados nessa coisa toda!

Vó Janda agradeceu. Não gostava muito dessa história de sanduíche... Era mais do jantar, de um belo caldo com torradas, comida de gente. Mas naquela altura dos acontecimentos tudo o que queriam era desvendar o mistério.

– Estou pensando nessa segunda palavra... Três letrinhas e um E no meio... Ler, ver, céu, véu... léu, fel... mel... Nossa! – Tiago até parou de falar – Só de falar em "léu" eu penso na praia do Léo, em Ubatuba. Ia ser bem melhor do que ficar aqui nesse calorão tentando matar o enigma! – ele reclamou, todo cansado e suado.

– Pera aí, Tiago! – interrompeu Bartolomeu. – Achamos! ACHAMOS! ACHAMOS! – Bartolomeu pulava, emocionado.

O ENIGMA DECIFRADO

– Não estou entendendo nada! – vó Janda reclamou.

– Estou por fora! – Luís estava aflito.

– Fala, Bartolomeu! O que foi? – Tiago não entendia nada.

Valdinete correu à sala. O que é que aqueles quatro, que tinham passado mais da metade do dia caindo em cima de um papel todo velho, tinham encontrado?

– Repete o que você disse… Repete, Tiago! – Bartolomeu pedia.

– Fala, Bartolomeu… O que é?

– Qual foi a praia que disse?

– Ah! – Tiago ficou todo sem jeito. – É que já estou cansado de decifrar código. A gente podia estar em Ubatuba, na praia do Léo… Falei bobagem?

– Não, você falou que a praia do Léo ficava… – Bartolomeu insistiu.

– Perto da Praia de Itamambuca, em Ubatuba.

– Acho que isso se encaixa nos espaços do enigma de Sócrates! Veja isto:

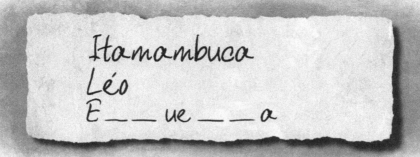

– Já sei! – Tiago gritou, animado. – Vó Janda, cadê aquele guia turístico que ficava na cesta aqui da sala?

– Passei para a estante do escritório... – Janda estava pensativa. – Vou buscar! – ela se levantou dirigindo-se à pequena biblioteca que mantinha no escritório.

Alguns minutos de silêncio, de verdadeira expectativa, e a avó respondeu, lá do escritório:

– Achei!

Assim que vó Janda abriu na página dedicada a Ubatuba, Tiago apontou para a praia de Itamambuca. Em direção norte estava a Prainha, praia do Félix, praia do Lúcio, ou das Conchas, e a seguir a praia do Léo.

– Aí, Bartolomeu. É isso aqui... – Tiago apontou.

– A terceira palavra deve estar ligada a Ubatuba... – Janda deu a sua opinião.

– Acho que a gente devia era fazer uma "forca", por exclusão... – Luís sugeriu.

– Boa ideia! – Tiago topou.

– Que forca? – Bartolomeu estranhou.

Janda sabia. Os meninos jogavam forca até no computador.

Entre atrapalhada e sorridente, assistiu a um verdadeiro combate entre os dois.

P, L, V... Já que não daria sentido colocar vogais ao lado de outra vogal... G, Q.

– Deixa o Q – Luís praticamente ordenou. A seguir, experimentou a nova letra.

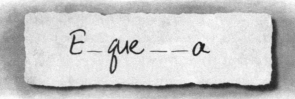

– R! – a avó entrou na jogada. – ESQUERDA! – exclamou, matando a forca.

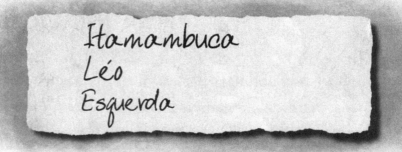

– Pronto. Deciframos, finalmente! – Bartolomeu suspirou, morto de cansado.

– Eu nem acredito! – Luís e Tiago falaram ao mesmo tempo.

– Nem eu! – disse vó Janda, recostando-se na cadeira.

– Um detalhe! – Bartolomeu interrompeu a alegria do trio. – Não se esqueçam que em Geografia não existe direita ou esquerda. Tudo depende do ponto de vista do observador. A Terra é uma esfera e não tem lado, nem parte de baixo ou parte de cima. Acho que quem escreveu a mensagem não estava pensando em indicação geográfica.

– Estava pensando em quê, então? – Janda não entendia mais nada.

– Acho que quis nos dizer que o que procuramos fica entre as praias de Itamambuca e Léo, e à esquerda, no caminho que liga uma à outra...

– A Rio-Santos? – Tiago estranhou.

– A Rio-Santos começou a ser aberta na década de 1970. A mensagem tem jeito de ser mais velha que isso... – Bartolomeu observou. – Mas... É isso! Seja qual for o caminho que a gente possa fazer entre Itamambuca e a praia do Léo, é à esquerda. À direita, temos o mar. É no sentido norte, então...

– Mas a quantos metros à esquerda? – Luís quis saber.

– Nem imagino! – Bartolomeu ergueu as sobrancelhas. – Pelo que eu me lembro, as duas praias são próximas e, indo pela Rio-Santos, o que existe entre uma praia e outra é a Serra do Mar.

– Pois eu acho que é a da Mantiqueira! – Tiago discordou.

– A Serra da Mantiqueira é esta que você avista daqui de casa... – vó Janda riu do neto.

– É, seu tonto! Pra ir pra Ubatuba a gente sobe a Serra do Mar. – Luís aproveitou pra brincar com o irmão.

Evitando um provável bate-boca, Bartolomeu rabiscou um mapa em outra folha.

– Posso falar para o Edson ceder a casa dele... – Janda teve uma ideia.

– Você fala com ele, vó? – os netos estavam eufóricos.

– Quem? – Bartolomeu não estava entendendo nada.

O mistério seria desvendado. Edson era um afilhado de vó Janda. Muito amigo da família, estava sempre os convidando para fins de semana na praia.

65

– A não ser que vocês não queiram ir atrás do enigma... – ela olhou para Bartolomeu.

– Que tal amanhã cedo? – Bartolomeu devolveu o olhar. – Se você conseguir um cantinho na casa do Edson...

– A gente nem precisa falar com... com o pai... – Luís abriu a boca, de sono.

– Você é que pensa! – Bartolomeu discordou. – Farei isso ao acordar.

Estavam mortos de sono. Enquanto os meninos iam para o quarto, Janda telefonou para Edson. Bartolomeu esperou a resposta, agradeceu a ajuda de Janda na solução do enigma e, para espanto da senhora, deu um beijo em sua mão.

– Obrigado pela acolhida, Janda. Já tinha me esquecido de...

– De? – ela estava curiosa.

– Bem, de uma acolhida feminina, dos quitutes, enfim... – ele achou melhor parar os elogios por ali.

Janda sorriu. Também ela, viúva havia muito tempo, tinha se esquecido de como era divertida – e interessante – a presença de um homem no seu sítio. Um homem especialmente inteligente.

Travesseiros molinhos de paina, lençóis de algodão com bordado inglês, toucador, Bíblia na cabeceira. Há quanto tempo não passava por uma mordomia assim. Tivera um dia coisas até bem melhores, mas desistira do supérfluo. Já nem sabia mais se tinha valido a pena.

Acabou pegando no sono e só acordou com o tocar de sino da Valdinete.

– Pra quem quer pegar estrada, vocês estão meio dorminhocos! Já está quase na hora do almoço! – Aproveitei e já liguei para o pai de vocês... – ela tranquilizou Bartolomeu e os meninos.

66

Bartolomeu concordou em esperar. Pra que sair correndo? Depois do almoço, levariam as coisas para o carro, pegariam a estrada com calma. Do sítio até Taubaté eram trinta quilômetros. De Taubaté até São Luís do Paraitinga, mais quarenta, e mais ainda uns quarenta até Ubatuba. No velho jipe, umas duas horas de carro, duas horas e vinte. Tinham sorte. A casa do tal Edson ficava na praia de Itamambuca. Ele havia subido para São Paulo e deixara a chave com a caseira, que lhes prepararia as refeições.

Enquanto os meninos traziam as mochilas para o jipe, Janda aproximou-se de Bartolomeu.

– Está convidado a voltar... – ela enxugou as mãos no avental branco, preso à cintura.

– Pois eu aceito o convite, Janda... Gostei de conversar com você! – ele foi interrompido pela Valdinete, chamando para o almoço.

– Quem sabe depois de Ubatuba... – ela tentou prender as mechas que teimavam em cair do coque.

– Isto é um convite? – Bartolomeu arregaçou as mangas da camisa.

– Até uma intimação! – ela riu.

Barriga cheia, pé na areia. Abraços, apertos de mão, lanche para a viagem.

Bartolomeu olhou o relógio: duas e quinze. É, estavam mais que atrasados. Mas valera a pena aquele atraso.

"Janda é mesmo uma pessoa maravilhosa. Se..." – Bartolomeu teve seus pensamentos interrompidos pelo grito de Tiago.

– Eu vou na frente!

– Agora sou eu.

Pronto. Começavam tudo de novo.

O SOL, O CÉU, O MAR

Contando a parada para abastecer o carro e mais outra para calibrar os pneus, chegaram em Ubatuba às cinco horas.

Tiago e Luís sabiam qual era a casa de Edson. Apesar de geminadas, a dele tinha o portão pintado de amarelo forte, sempre.

Dona Diná estava limpando a varanda. Assim que o jipe parou na frente do portão de madeira, ela largou a vassoura.

– Boa tarde! – mostrou o sorriso na cara larga, morena de sol.

Duas tranças amarradas por um pedacinho de tecido vermelho caíam ao longo do corpo. Baixinha, gordinha, veio arrastando os chinelos e abriu o portão. Um cachorro correu atrás.

– Não precisa ter medo do Fofo, não... – ela foi logo dando a mão para Bartolomeu.

"Fofo?", os meninos riram por dentro. O pelo do animal era duro, o cachorro era enorme, o rabo comprido, virado pra cima.

– Obrigado... – Bartolomeu voltou para o jipe e subiu a rampa para estacionar o carro.

Enquanto entravam na casa, Bartolomeu ia só admirando os detalhes: grandes conchas penduradas, ouriços, caramujos enormes sobre as mesinhas de apoio, pratos com motivos do mar enfeitando as paredes, uma lagosta sobre o aparador... Era de enfeite, claro! Uma televisão no canto da sala, no mesmo ambiente da sala de jantar, era o único objeto "moderno". O sofá com peixinhos, bancos para apoio dos pés e uma gostosa rede no canto mostravam que o proprietário tinha bom gosto, sem ostentação.

O quarto era pequeno, daí os beliches. Um banheiro de azulejo branco decorado com cavalinhos-do-mar servia a "suíte dos hóspedes".

– Se precisar de umas toalhas de banho, é só abrir o baú... – Diná avisou. – Está tudo aí... Seu Edson pediu pra deixar tudo em ordem.

– Puxa, Diná, obrigado mesmo... – Tiago, Luís e Bartolomeu agradeceram a gentileza da moça.

– Tio... – Tiago arrancou o tênis... – Eu vou é cair na água!

– Eu também! – Luís foi fazendo o mesmo.

– Não! – Bartolomeu quase gritou. – Os tênis no banheiro! – ele já conhecia o cheiro dos pés dos meninos depois de tiradas as meias.

Os dois riram. Um a um pra eles. O ronco do Bartolomeu também não era brincadeira.

Areia no pé, ondas, braçadas e uma bola perdida fizeram a alegria dos meninos.

Horário de verão, aproveitaram até que o sol fosse embora. Já passava das sete e meia quando entraram na casa, tomando o cuidado de lavar os pés na torneira da rampinha.

– Já vou servir a janta, mas dá tempo de tomar um chuveiro rapidinho, gente... – ela foi avisando.

Outra pequena briga e um joquempô para decidir quem ia primeiro. Pronto. Bartolomeu. Luís, em segundo e Tiago, em terceiro. Porta do quarto aberta, Fofo foi o quarto a tomar um banho, o de água doce. E bem que ele estava precisando.

Cabelos penteados, roupas limpas, os três sentaram-se à mesa. Diná serviu o jantar e tentou a todo o custo tirar o Fofo da sala. Em vão.

Após uma boa fatia de melão como sobremesa, ajudaram Diná a tirar os pratos e saíram andar pela praia. A caseira gostou da ajuda. Hóspedes educados aqueles!

Fofo ia à frente, latindo a qualquer barulho ou estranho que aparecesse.

– Não vejo a hora de acordar amanhã… – Tiago comentou.

– Nem eu! – Luís abaixou-se para pegar um pedaço de pau.

Bartolomeu estava ainda mais eufórico para que a manhã seguinte chegasse logo. Deixara que os meninos aproveitassem a praia. Ele mesmo se divertira bastante, relaxara. Ficara um bom tempo sentado na areia, rabiscando coisas, feito criança. Coisas, desenhos, letras sem sentido. A letra J, sabia bem a causa, fizera parte desses desenhos, feitos de forma meio que inconsciente.

Tarde da noite, deitados na cama, pouco a pouco se despediram das palavras, um ou outro bocejo interrompendo as ideias. Tiago e Luís foram os últimos a pegar no sono. Estranhamente, naquela noite, Bartolomeu não roncou.

Ele acordou às cinco e meia da manhã e chamou os meninos. Não podiam perder muito tempo. Queria encontrar algum caiçara mais velho. Eram eles que sabiam de tudo, principalmente dos mistérios.

– Não dá pra dormir mais um pouco? – Luís tentou negociar.

Não dava. Bartolomeu tinha visto na entrada um bar, misto de mercearia e boteco, com uma placa: BAR ZÉ PREFEITO. Era até lá que iriam.

OS SEGREDOS DA MATA

Para que não acordassem a Diná, pegaram algumas bananas-ouro que estavam no cacho, no chão à frente da pia, para o café da manhã apressado.

Bilhete improvisado em cima da pia, avisando Diná que tinham saído para um passeio, fecharam a porta da frente e enfiaram a chave por baixo.

Bartolomeu colocou a mochila no banco de trás e desceu a rampa com o jipe, em ponto morto, para não fazer barulho. Quando os meninos subiram, quiseram saber por que Bartolomeu pegara garrafas de água e algumas bananas. Bartolomeu riu, explicando que não saía para uma exploração, pequena que fosse, com rapazes sem água e comida. "Vocês têm a idade da sede e da fome", concluiu.

O dono do bar, muito prosa, depois de servir um café com leite e pão com manteiga aos fregueses, foi respondendo às perguntas de

Bartolomeu, que, aos poucos, ia conseguindo as informações como quem não queria nada.

– Pronto! – Bartolomeu exclamou assim que deixaram o bar. – Não foi difícil, ele falou em Luiz Viana, que mora em uma casinha à esquerda da estrada... Disse que é o caiçara mais antigo daqui – e foi enfiando uns pacotes na mochila.

Ligou o jipe e dirigiu até a casinha da estrada. Ainda bem que tinham saído com jeans. O calor já ia dando notícias, mas era melhor ter calor do que ser picado e mordido pelos pernilongos e parentes.

Viana recebeu os visitantes com um incrível mau humor. Porém, ao ver o Fofo, exclamou:

– Ah, o Fofo trouxe vocês! Vamos entrar, Fofo! – abriu um sorriso, dando prioridade ao cachorro.

Pelo visto, o Fofo era o cartão de visitas.

Enquanto o cachorro xeretava a casa, Viana respondia às perguntas de Bartolomeu:

– Não, senhor. Nunca ouvi falar sobre esse Bastião. Desse Só... Sócrates também nunca.

– E a cidade perdida? – Bartolomeu não desistiu.

– Quando eu era menino, ouvia falar, sim. O Zé da Dita contava que era pra uns seis, sete quilômetros serra adentro. Tem uma picada lá. Só dá pra entrar por ela. É tudo fechado pela mata...

– Tem bicho? – Tiago perguntou com cuidado.

– Está cheio... – ele respondeu com convicção.

Fofo latiu. Enquanto Viana afagava a cabeça do cachorro, continuou:

– Agora, os homens... Não, índios não são não... – continuou a falar como se explicasse a si mesmo. – Meu avô contava que os homens lá tinham o cabelo todo loiro e os olhos da cor bem azul.

– O senhor iria com a gente? – Luís perguntou.

– Não posso não. Vocês podem aproveitar que ainda é cedo e ir lá xeretar. Turista gosta de xeretar por aí – levantou-se do banquinho, foi até a porta e apontou para o lado esquerdo, onde a mata cerrada crescia para o céu.

Alguns agradecimentos e os três, mais o Fofo, desceram os degraus do casebre.

– Pronto, Bartolomeu. Agora é só subir no jipe... – Tiago estava louco pra chegar à picada que levava ao enigma da cidade perdida.

Eram oito horas da manhã e, após calcular os seis quilômetros de estrada, Bartolomeu avistou a picada na mata. O acostamento era estreito, mas um mato meio pisado serviu de estacionamento improvisado para os quatro.

Bartolomeu brecou bem o carro e, mochila nas costas, avisou os meninos:

– Cuidado onde pisam – apontou para uma pedra escorregadia.

Os meninos agradeceram e seguiram Bartolomeu. A picada era estreita, muitos eram os galhos, as plantas, as trepadeiras que caíam em cascata pelas árvores.

– Olha um macaco! – Luís mostrou o animal, que brincava num cipó.

– Está carregando o filhote nas costas! – Tiago observou.

– Deve ter tanto bicho por aí... É que com essa mata toda não dá nem pra perceber... – Luís observou.

– A vegetação aqui é densa mesmo. É a Mata Atlântica, ou Mata Latifoliada Tropical... – Bartolomeu ia explicando.

Enquanto se esgueiravam das folhas que viam surgir à sua frente, ouviam as explicações do amigo. Fofo parecia também bem atento a tudo. Era como se entendesse, porque a cada explicação dava uma paradinha:

– Latifoliada... Latifólio quer dizer "folhas longas" em latim. Há muitas árvores nesta floresta, cipós que entrelaçam umas às outras. É uma das matas mais densas e emaranhadas do planeta. Vejam como a luz é rara! – olhou em volta.

– Até que não são árvores muito grandes... – Luís observou.

– E nem poderiam ser. Aqui faz calor o ano todo. A umidade é intensa, já que a serra bloqueia os ventos úmidos vindos do mar, fazendo com que chova quase todos os dias. A vegetação acaba se desenvolvendo com muita força e as árvores lutam por espaço. Algumas espécies poderiam ter um tronco maior, uma copa mais vasta – ele apontou para uma das árvores –, mas acabam ficando espremidas, grudadas umas às outras. Por vezes, algumas árvores condenadas a serem raquíticas aproveitam quando um raio corta uma árvore e abre um clarão na mata para se desenvolverem. A luta pela vida no meio da mata é desse jeito: um perde e ganha sem fim.

– Com os animais também, Bartolomeu... – Tiago observou.

Fofo latiu. O trio caiu na risada. Só podia ser coincidência!

– A floresta Atlântica é tão densa quanto a Amazônica? – Luís quis saber.

– Não, Luís – Bartolomeu tirou o facão que trazia preso à cintura e cortou um emaranhado de cipós que atrapalhava a passagem. – É a segunda mais emaranhada formação vegetal do Brasil. A floresta Amazônica, pelo menos nos trechos do caa-etê, é ainda mais fechada, mais rica em epífitas e em lianas. Se isso aqui é uma muralha verde, imagine a Amazônia! – ele continuou.

– Caa-etê? O que é isso?– Luís perguntou, sem rodeios.

– Vem do tupi. "Caa" quer dizer "mata" e "etê", "verdadeira". "Caa-etê" é o pedaço mais verdadeiro e, por isso, mais emaranhado da selva amazônica. "Liana" – Bartolomeu continuou – é um tipo de cipó lenhoso que parece emendar uma árvore à outra, formando uma teia. E os "epífitos" são vegetais meio parecidos com as lianas que crescem fixadas a outros.

– Eu sei... Epífitos são parasitas. – Luís estava orgulhoso do comentário.

– O mais interessante é que não são... – Bartolomeu corrigiu, parando mais uma vez para cortar uma delas que atrapalhava a trilha – As plantas epífitas ficam apoiadas sobre as árvores, nos troncos caídos ou até em cima das folhas de árvores. Só que elas se alimentam dos resíduos existentes nesses ambientes, não dependem de outra planta.

– Eu duvido que haja uma cidade, uma vila que seja lá pra dentro – Tiago parou para coçar o braço.

– Eu também! – concordou Bartolomeu. – Como poderiam viver isolados, sem contato com os outros homens? Algum piloto já teria avistado... Alguns de seus moradores poderiam ter fugido e contado aos da cidade... – ele ia falando e olhando para trás. – Tudo bem aí com vocês? – parou de repente.

– Água!

– Água e banana... E um banheiro! – Luís completou, meio sem graça.

– Dois! – Tiago foi atrás do irmão, afinal, o mato tinha suas vantagens.

Bartolomeu deu risada. Ele e Fofo foram para outro cantinho enquanto os dois irmãos já voltavam com cara de "prontos pra próxima". Alguns goles de água, rostos molhados, umas bananas e prosseguiram a caminhada.

– Olha um bicho-preguiça! – Bartolomeu apontou, maravilhado.

– E uma co... co... cobra! – Tiago nem conseguia falar direito.

O Fofo começou a latir para a cobra, que estava pronta para dar o bote.

76

– Fiquem quietos... – Bartolomeu se aproximou com cuidado.

– Ela é vene... vene... nosa, tio? – Luís nem se mexia.

– Quieto, Fofo! – Bartolomeu levou a mão à cintura. – Não, não é venenosa! Fiquem calmos... – ele tranquilizou os garotos. – É só a gente sair devagar.

– Nossa, Bartolomeu, que susto! – os dois reclamaram.

Fofo continuou a latir.

– Por que a gente fugiu assim se ela não era venenosa? – Luís estranhou.

– Acontece que ela era venenosa... Mas se eu contasse, vocês só iriam piorar a situação... – ele falou com tranquilidade, já olhando o caminho a seguir.

Susto passado, continuaram a caminhada.

– O Oito falou de uma cidade em ruínas que teria existido antes de o Brasil ser descoberto! – Tiago seguia Bartolomeu, tentando se desviar das folhas escorregadias. – Deve ser por este motivo que é isolada.

– Por aqui agora só passa uma pessoa de cada vez... – Bartolomeu parou de repente, sentando-se no pé de jequitibá. Os meninos fizeram o mesmo. Fofo acomodou-se sobre um montinho de folhas úmidas. – Quando o Brasil foi descoberto, esta mata formava uma faixa larga e contínua, paralela ao litoral, desde o Rio Grande do Norte até Santa Catarina.

– É, eu aprendi que sobrou pouco da mata... – Luís se abanava com uma folha.

– A devastação desta selva começou no século dezesseis, por causa da procura pelo pau-brasil. Na época, o país representava um bom negócio para o colonizador, daí a destruição da mata ter sido feita com vigor. Hoje restam apenas uns cinco por cento. Com a mata, também se foram milhares de espécies de animais que aqui viviam.

– Meu professor falou que a lavoura, o uso da madeira na construção de cidades e a abertura de estradas também pioraram a situação – Tiago estava orgulhoso por emitir o seu conhecimento. – A culpa do colonizador foi grande, né?

– Se foi... – Bartolomeu concordou, levantando-se para prosseguir caminho.

– Sem contar o macaco, o bicho-preguiça e a nossa assustadora cobra... Que outros animais existem por aqui? – Luís quis saber.

– Existem outros tipos de macaco, como o macaco-prego, guariba, mico-leão-dourado, saguis, tamanduás, onça-pintada... – Bartolomeu foi enumerando.

– Ela não está extinta? – Luís desviou de uma planta rasteira espinhosa.

– Está ameaçada de extinção. Como o seu couro é valioso e a sua caça é um esporte maldito, muito se matou... Mas não seria nenhuma surpresa se alguma onça-pintada aparecesse por aí. Melhor que não apareça porque só tenho este facão aqui! – ele apontou para o facão que ora ou outra empunhava para cortar os obstáculos.

Meio cansados, só foram se deparar com um riacho meia hora depois.

– Puxa, que demais! – Luís exclamou, maravilhado ao ver aquele riacho no meio da mata.

– Hum, mas não dá pra passar por ele não. Eu não arriscaria! – Tiago observou.

Fofo correu para o riacho. Tinha sede e passou um bom tempo bebendo aquela água cristalina e fresca.

Como parecia ser difícil de ser atravessado, o jeito era procurar a nascente. Depois de uma longa e penosa trilha, conseguiram alcançá-la.

– Aqui já dá pra atravessar, gente – Bartolomeu apontou. – Melhor tirarem os tênis... – ele foi logo arrancando as botinas.

Riacho atravessado, pés enxutos por uma toalha tirada da mochila, trataram de comer o lanche preparado por Bartolomeu.

– Sabe que nem pensamos na comida? – Tiago falou com a boca cheia.

– Hum, esse sanduíche de mortadela está bom pra cachorro... Por falar em cachorro, cadê o Fofo?

Estava ali perto, cheirando e comendo uns restos de comida que Bartolomeu trouxera num saco de papel.

– Enquanto vocês se distraíam no boteco, mandei fazer uns lanches. Se não sou eu nesse pedaço aqui, morriam de fome! – Bartolomeu deu uma mordida no seu sanduíche, enquanto se equilibrava num tronco meio fino para marcar uma árvore.

– Pra que esses cortes? Não estragam a árvore? – Luís protestou com as marcas que Bartolomeu fazia nas árvores de tempos em tempos.

– Esse talho não vai prejudicar seu desenvolvimento... Se ficarmos perdidos, teremos as árvores como ponto de referência para o caminho de volta – ele explicou.

Conversando e "latindo" de vez em quando, caminharam até meio--dia, quando Bartolomeu fez mais uma parada junto a uma quaresmeira.

– Nada! – o homem suspirou, desanimado. – Se até as duas da tarde não encontrarmos nada, vamos voltar.

Os meninos ficaram quietos.

Mas o calor, o cansaço e as picadas de insetos iam desanimando o grupo. Já tinham consumido também a maior parte do lanche e mais de um terço da água.

– A natureza tem muito a mostrar... Vejam! – Bartolomeu agachou para pegar algo.

– Ouro? –Tiago e Luís arregalaram os olhos.

– Não. Um assassinato, meus amigos! – Bartolomeu estava misterioso.

Os garotos sentaram-se numa pedra enorme. Que assassinato seria aquele? E o que Bartolomeu tinha nas mãos?

– Uma bola de penas? – Tiago olhou para Luís.

– Um assassino, o morto, a prova do crime e o motivo. A floresta revela cada um dos seus segredos! – Bartolomeu sorriu.

– Eu não estou entendendo... – Luís e Tiago coçaram a cabeça.

– O assassino? Uma coruja! O morto? Um passarinho! O motivo? Fome, é claro! – explicou Bartolomeu de forma enigmática.

– Quer dizer que essas são as penas de um passarinho comido por uma coruja? – Luís estava impressionado.

– O resto dele, você quer dizer. A coruja vomitou as penas do passarinho. Assassino, morto, motivo e as provas do crime! A natureza tem muito a mostrar. A cada lugar que passamos vamos descobrindo coisas. Quem comeu quem, quem passou, quem roeu, quem quebrou um galho. É só saber identificar... – Bartolomeu empurrou o bolo de penas para o lado e continuou a caminhar. – Precisamos entender as mensagens. Elas estão bem aí, à nossa frente.

– E esse pau quebrado aqui, tio? Ele quer dizer alguma coisa? – Tiago pegou um pedaço de pau do chão. – Aposto que alguém pisou nele! Alguém que esteja... seguindo a gente! – ele olhou em volta.

– Não... – Bartolomeu pegou o pedaço de pau da mão de Tiago. – Veja! – ele mostrou aos irmãos. – Ele está roído na ponta... Roído por bicho – e continuou a caminhar. – Mas este... – Bartolomeu agachou um pouco mais à frente para observar um outro pedaço. – Este sim foi quebrado. Alguém pisou nele. Vejam a diferença!

– Tem razão. Não há marcas de dentes... – Luís observou.

– Não sei por quê, mas tenho a impressão de que uma porção de bichos, animais e até pernilongos estão espiando a gente por entre as folhas!

Luís tirou uma do irmão. Ele tinha cada uma!

Não longe dali, eram muitos os olhos a observarem aquele quarteto, sim. E não eram olhos de animais nem de insetos...

UM CONTATO IMEDIATO

Já fazia mais de uma hora que seguiam a picada. Por entre algumas frestas da mata, Luís observara que o céu estava nublado. A temperatura diminuíra e agora até uma brisa agitava as folhagens.

– Não é à toa que chamam Ubatuba de "Ubachuva"! – Luís comentou, preocupado.

– O duro é que, quando chove, é pra valer! – Tiago completou.

Fofo ia à frente, pulando quando encontrava alguma raiz. Facilitava assim o percurso do trio.

A preocupação deles não era só a de marcar árvores, superar os obstáculos impostos pelas raízes ou cipós, mas também notar alguma outra picada no meio do caminho e achar, com urgência, uma gruta natural ou algo parecido que os abrigasse da chuva.

Concentrados nos problemas, não perceberam que estavam sendo seguidos.

Os barulhos da mata eram muitos. Suas risadas e conversas tumultuavam os pássaros, as próprias pisadas despertavam folhas adormecidas, provocando um pequeno estalar. Piados não definidos chegavam a assustar os garotos. Alguns passos nem sempre silenciosos se mesclavam aos sons da mata... Até que, decididos, saindo da proteção dos cipós, folhagens e árvores, eles se colocaram à frente do grupo.

Fofo começou a latir para aquelas estranhas criaturas que tinham aparecido ali, como mágica. Altos, os três homens vestiam roupas incomuns.

Tiago e Luís estavam petrificados de medo.

Fofo não parava de latir. Só parou quando Bartolomeu, tentando quebrar o gelo, perguntou:

– Olá, tudo bem?

Nada. Os três homens estavam mudos. Não demonstravam raiva alguma. Pareciam ser irmãos, tamanha a semelhança entre eles. Mediam cerca de 1,80 m a 1,90 m de altura. Os cabelos eram alourados, ainda que a pele do rosto fosse bastante queimada de sol, e compridos, chegando até os ombros. Usavam um tecido enrolado ao quadril, com tiras do mesmo tecido trançando-lhes o peito e calçavam sandálias. Os rostos eram desprovidos de barba. Talvez se barbeassem, já que não pareciam com nenhum povo indígena. Tinham todos os traços dos homens brancos, mais especialmente os europeus do norte.

Bartolomeu tentou outras formas de comunicação: fez gestos, alguns até da linguagem de sinais, uns desenhos na palma da mão, com uma caneta. Lembrou-se então de colocar o seu facão aos pés dos homens loiros. Seria uma maneira de demonstrar que não tinham intenções de ataque. Luís depositou seu canivete, Tiago fez o mesmo com seu pequeno canivete e até o Fofo parou de ganir, sentando-se sobre as patas traseiras.

83

Nada. Estavam ali feito bobos, um a encarar e medir o outro com o olhar.

– Será que vão nos matar? – Tiago cochichou ao ouvido de Bartolomeu.

– Vamos manter a calma – pediu Bartolomeu a todos.

Outro momento de silêncio, até que um dos homens ordenou em português bem claro:

– VENHAM!

E dando as costas para o grupo, foram andando em direção contrária à que estavam, abrindo com um dos braços os ramos de uma figueira e passando por baixo deles.

Nesse instante, Bartolomeu fez menção de voltar, mas deu de cara com um quarto homem enorme, surgido não sabia de onde. Fofo deu um ganido e enfiou o rabo entre as pernas. Até o cachorro se sentia dominado, subjugado por aqueles homens altos, fortes e muito estranhos.

"Melhor obedecer", Bartolomeu não teve outro jeito.

Assim que passaram por baixo da árvore, Tiago deu um grito:

– Ai, meu braço! – exclamou, com dor, ao se machucar em alguma planta espinhosa.

Um dos homens, como que pegando algo muito leve, pegou Tiago no colo. A atitude, carinhosa, deixou o grupo mais relaxado. Ninguém com más intenções tentaria socorrer um garoto que se ferira com um espinho.

A tensão diminuíra.

Caminharam quase vinte minutos. A mata se abria agora num caminho mais largo. Dessa maneira não foi difícil escalar a elevação que estava à frente. Cerca de meia hora depois chegaram ao topo. Lá embaixo, uma surpresa, verdadeiro espanto para o grupo:

– A cidade perdida! – Tiago contou ao grupo, do alto dos ombros do grandalhão.

OS HIGEUS E A CIDADE PERDIDA

Bartolomeu, Luís e Fofo, que vinham logo atrás ladeados pelos outros três homens, pararam. Estavam emudecidos de espanto. A seus pés, uma cidade. Na verdade, enquanto iniciavam a descida por um caminho bem cuidado, cercado de mata, puderam perceber o enorme pedestal semelhante a um altar que se erguia no meio de uma grande praça gramada, do tamanho de um campo de futebol. Ao redor do gramado, umas dez, quinze construções. Eram habitações térreas, com um ar de galpões pintados de branco. Não havia ruas, ou pelo menos, de onde estavam, não localizavam nenhuma. Nada lembrava uma aldeia indígena e muito menos remetia às ruínas de uma cidade antiga. Algumas pessoas – não sabiam se homens ou mulheres – cruzavam a praça e entravam nas construções.

Mais vinte minutos de descida e estavam ao pé da elevação.

Bartolomeu olhou o relógio: três e quinze!

Em silêncio, Tiago ainda sendo carregado nos ombros, foram levados para uma das construções. Era uma espécie de salão, o chão limpo, de pedra, despojado de enfeites, com grandes janelas que, abertas para fora, traziam esteiras trançadas, provavelmente para proteger o interior de insetos e da luz do amanhecer. Nas paredes, quatro tocheiros que, iluminados à noite, trariam luz para o lugar. Parecia ter sido erguido com blocos de argila, de tamanhos iguais, com o reboque de uma massa que se assemelhava ao cimento. Uma mesa repleta de alimentos ficava aos fundos do salão. Puderam então verificar que havia todos os tipos de frutas mais comuns nas cestas trançadas: bananas, mangas, maracujás, caquis, entre outras, e algumas mais raras, como a pitanga, o araçá, a gabiroba. Sobre folhas de bananeira destacavam-se peixes cozidos, bem brancos. Em algumas gamelas de madeira, molhos.

O homem que carregava Tiago colocou-o no chão. Os outros três fizeram um gesto indicando a mesa.

– É um sinal para que a gente se sirva... – Bartolomeu falou pausadamente.

Tiago e Luís olharam para Bartolomeu como se estivessem esperando pela segunda permissão.

O homem que carregara Tiago pegou-o pela mão e o levou para mais perto da mesa.

– Estou com fome... – Tiago olhou para Bartolomeu.

Fofo latiu, como se estivesse falando por todos.

Um outro homem tratou de lhes entregar umas cumbucas de madeira. Fez sinal para que se servissem do peixe. Nenhum sorriso, nenhuma palavra. Apontou também para as jarras de barro e os canecos sem alça. Numa das jarras, suco. Na outra, água fresca.

Colheres de madeira rústica estavam dentro de uma gamela. Ali também ficavam umas colheres maiores, que os três deduziram que eram para retirar os alimentos.

Bartolomeu pegou as cumbucas e fez um sinal com a cabeça:

– Obrigado. – E, virando-se para os meninos, pediu: – Vamos nos servir com calma, sem pressa. Sejam educados e não façam nenhum movimento brusco. Isso é pra você também, Fofo! – foi colocando algumas coisas na cumbuca do Fofo.

Nenhum dos meninos teve coragem de perguntar de que era feito o molho da gamela, que um dos homens fez sinal para que fosse colocado sobre o peixe.

A princípio, comeram com moderação. Depois, aproveitaram que não estavam tão tensos para repetir o que haviam gostado mais. Tudo!

Quando Fofo se preparava para repetir a terceira cumbuca de comida, um quinto homem entrou no salão e se aproximou da mesa.

– VENHAM! – foi a única palavra que ele disse, seguida por um gesto.

Luís perdeu a paciência e disparou a reclamar:

– Gente mais sinistra! Vamos pra onde, cara? – Luís aumentou o tom de voz.

– É isso aí, *brother*… – Tiago acompanhou o irmão. – Não sei nem seu nome! Ó, a comida estava boa, as frutas uma delícia, mas…

– Querem parar? – Bartolomeu repreendeu os dois.

Os cinco homens rodearam o grupo e com um sinal feito pelo homem que havia falado, saíram em direção a um outro barracão.

– Para onde estão levando a gente? Dá pra falar? – Luís continuava reclamando da mudice dos homens.

Bartolomeu fez sinal de silêncio. Só restava seguir os homens e pronto.

O segundo barracão era igual ao primeiro: com a exceção de uma mesa vazia, quase rente ao chão, no centro. Os cinco sentaram-se ao chão, de pernas cruzadas, sendo imitados pelos meninos, Bartolomeu e Fofo, que cheirou bem a mesa antes de deitar no chão.

Segundos depois, um homem bem mais idoso entrou, acompanhado de outro, juntando-se a eles. Vestiam o mesmo traje dos demais e também tinham o cabelo do mesmo tom, contrastando com a pele queimada pelo sol.

– Sejam bem-vindos! – saudou, sem sorrir.

– Obrigado, senhor... – Bartolomeu fez um sinal com a cabeça.

– A gente estava passeando pela mata quando demos de cara com...

– Lo 75 e nosso povo não gostamos de mentiras! – o que estava ao lado do mais velho interrompeu Luís.

Aquele que fora chamado de Lo 75, o mais velho deles, continuou a falar:

– Isso não é verdade. Vocês chegaram até aqui porque decifraram a mensagem. Sem mentiras! – finalizou.

– Está certo... – Bartolomeu olhou para Luís e Tiago. – Em primeiro lugar, queremos agradecer a hospitalidade, Lo 75 – ele arriscou o nome do homem. – A comida estava ótima... – procurava falar pausadamente o estranho homem.

– De nada – o estranho respondeu. – Nós, os higeus, procuramos receber nossos visitantes com cordialidade.

Bartolomeu tinha mil coisas para perguntar... De onde tinham vindo, como é que falavam a mesma língua, se aquele era um povoado de ascendência europeia, escondido do resto da civilização... Por que ele tinha esse nome estranho... Mas achou melhor deixar que o homem falasse primeiro. Se ele não o fizesse, daí sim...

– Venham conhecer Higeia, a nossa cidade! – Lo 75 ficou em pé, fazendo um gesto de passagem para os visitantes.

Todos se levantaram e começaram a caminhada. Não havia muito o que conhecer. A primeira visão de Higeia se confirmava: uma vasta praça gramada com doze galpões ao seu redor. Eram tão iguais que facilmente poderiam ser confundidos.

"Quatro pelas laterais e mais dois em cada linha de fundo", como mais tarde Tiago definiria.

– O primeiro dos salões é usado para as refeições. O segundo, onde estiveram, é o de vocês, e destina-se a visitantes – ele ia explicando. – Os demais são alojamentos.

– Tem cama? – Tiago perguntou, quase num sussurro. Não se lembrava de ter visto nenhuma no salão.

– Redes – ele respondeu, ao se aproximarem de um dos alojamentos. Da entrada, apontou para elas e continuou a explicação: – Durante o dia, são dobradas e deixadas sobre a mesa.

– E a roupa? – Luís criou coragem pra perguntar. – Guardam onde?

– No baú embaixo da mesa. Ela não tem pernas. É praticamente um caixote, uma grande caixa. Roupas dentro, redes em cima.

– E banho? – Luís atacou novamente.

– Banheiro? – Tiago ficou meio receoso com a pergunta indiscreta.

– A natureza providencia um banho de cachoeira... – ele apontou para uma pequena queda-d'água mais ao fundo, a cair sobre um riacho. – Quanto ao banheiro, a terra transforma em adubo – finalizou.

A esta explicação, os meninos se aquietaram por uns instantes.

Lo 75 falava pouco, parecia economizar palavras. Não havia muito o que ver, e sim a explicar. Bartolomeu estava ansioso para esclarecer a relação entre Higeia e a mensagem. Tentava, a cada passada, uma pergunta mais incisiva que esclarecesse algo mais além da inexistência de armários, camas, cadeiras... Mas Lo 75 se mantinha em silêncio. Às perguntas dos meninos, pequenas curiosidades, respondia, sem pressa:

– Não, não existe jantar – esclareceu. – A mesa permanece posta o dia todo. Os que têm fome se alimentam.

– Sim – continuava –, à noite nos reunimos em volta da fogueira no centro da praça Ágora. Os que têm fatos a contar podem narrá-los ali.

"Deve ser uma chatice!", Luís e Tiago pensaram a mesma coisa.

– Agora terão de voltar ao galpão dos visitantes. Quando a Lua cruzar o centro de Ágora, nos reuniremos. Daí então vocês saberão a história dos higeus. – Lo 75 e os homens que os seguiam fizeram um sinal para que retornassem ao galpão.

Estavam sozinhos, mas com a impressão de que mil olhos os seguiam.

Foi só dentro do galpão que começaram a tecer os comentários:

– Coisa de lunático! – Bartolomeu desabafou.

– Louco é mais louco que lunático? – Tiago achava que eles eram mais que loucos.

– O que é "Lo 75"? Parece nome de arma de fogo! – Luís sentou-se novamente em frente à mesa. Estava louco pra fazer mais uma boquinha.

– De onde vem? De um hospício, vai ver! – Tiago juntou-se ao irmão.

– Sei não, acho que estamos numa encrenca! Pelo visto, vamos dormir aqui... Como vamos avisar a caseira? – Bartolomeu falava pra si mesmo. – Sou responsável por vocês!

– E também pelo Fofo. Por sinal, cadê ele? – Tiago estranhou.

– Deve estar por aí... – Tomara que não gostem de carne de cachorro, senão... – Luís continuou comendo.

– Vira essa boca pra lá, Luís... – Bartolomeu sentou-se e tirou as botinas.

– Bartolomeu, eu não vi nenhuma mulher por aí... – Tiago observou.

– Nem eu! – Luís e Bartolomeu falaram ao mesmo tempo.

– São muitas as perguntas, gente... – Bartolomeu começou a enumerá-las: – Que trajes são estes? Há quanto tempo vivem aqui?

– De onde tiraram o nome da praça? – Tiago interrompeu as dúvidas de Bartolomeu.

– Bem... – Bartolomeu mastigou um pedaço de caqui... – Higeia era uma ninfa grega que simbolizava a saúde, e Ágora, o nome que os antigos gregos davam às suas praças. Qual seria a relação entre esses estranhos e os gregos? Qual é a relação entre eles e a mensagem recebida de Sócrates?

– E como sabiam que a gente estava... pro... pro... curando por eles? – Luís quase engasgou com um caroço de fruta.

– Queria tomar um banho! – Tiago interrompeu o irmão. – E ir ao banheiro...

Fofo devia saber onde ficava o banheiro, pois acabara de surgir no galpão.

Estavam certos. Fofo os levou para fora, para um local mais afastado, protegido por pequenas árvores.

– E o banho? – Tiago insistiu.

– Direto na cachoeira. Dá pra ver ela daqui! – Bartolomeu também estava suado. – Enquanto vocês se lavam, vou buscar a toalha que enfiei na mochila. Você fica aí com os meninos, Fofo! – ordenou ao cachorro, que mais parecia seu do que de qualquer outra pessoa.

Enquanto Bartolomeu não voltava, os garotos iam tirando suas roupas devagarinho, olhando em volta. A sorte é que sempre que estavam numa cidade de praia, vestiam sungas por baixo da roupa.

– Cuidado com as pedras no fundo... – Tiago avisou o irmão.

– Hum, que água gelada... – Luís reclamou. – Falta um xampu... – ele parecia um marajá, se atirando no meio da queda-d'água.

Fofo entrou na brincadeira com um pouco mais de cautela. Não era muito chegado em água, não.

Bartolomeu não tardou a aparecer. Sorte ter trazido a toalha. Tirou a sua roupa também e se juntou aos meninos.

– Vi crianças por aí... Para falar a verdade, não vi, mas "ouvi"... – Bartolomeu falou em voz baixa.

– Então existem crianças e mulheres! – Tiago exclamou.

– Já está pensando em paquera? – Luís jogou água no irmão.

Bartolomeu suspendeu a brincadeira em dois tempos. Não queria alvoroço por ali. Não tinham lhes dado liberdade para isso. Apressou o banho dos meninos. Já passava das sete horas quando retornaram ao galpão, vestidos com a mesma roupa, mas refrescados pela água limpa da cascata.

Ficaram conversando em volta da mesa. Notaram que uma maior quantidade de suco e água tinha sido colocada nas jarras. Alguém entrara ali e pendurara as redes de dormir. Eram três. Um mesmo tecido trançado, ao chão, parecia ter sido deixado para o cachorro.

– Já está ficando escuro, tio Bartolomeu. Não tem uma luz por aqui? – Tiago reclamou.

– Até tem, olhe esses quatro tocheiros. Mas como vamos acendê-los?

– Tem gente passando lá fora! – Luís observou, deitando na rede.

Tiago correu para experimentar também. Até que era bem gostoso!

– Acho que estão indo para a praça... Oito e meia! – Bartolomeu iluminou o relógio com a lanterna.

– Vamos? – Luís pulou da rede.

Fofo saiu de cima da "redinha". Parecia concordar com Luís.

– Vamos – Bartolomeu se levantou.

Saíram do galpão e lentamente se dirigiram ao centro da praça. Muitos eram os que caminhavam, saindo de seus galpões. A maioria das pessoas nem olhava para eles.

– Nenhuma mulher! – Tiago observou.

Bartolomeu e Luís concordaram. Muitas crianças, homens de idades distintas. Talvez as mulheres não pudessem comparecer nessas reuniões.

– Um bando de machistas! – Tiago cochichou.

As pessoas iam se aproximando e se sentando com as pernas cruzadas. Luís calculou que duzentas pessoas, no máximo, estavam reunidas ali.

Haviam escolhido um lugar mais ao fundo, para não ficarem em evidência. Tinham errado. Os que chegavam depois sentavam-se logo atrás. O grupo, então, que queria ser discreto ao máximo, acabou ficando na frente.

LO 75

Uma grande fogueira acesa iluminava o lugar. Podia-se ver que o mesmo traje era usado por todos, desde os mais velhos até os mais novos. A mesma coisa podia-se dizer do corte de cabelo, ou da falta dele: todos mantinham seus cabelos compridos. Uma espiada mais atenta e notaram que não havia crianças de colo. O mais novo ali talvez tivesse entre 7 e 8 anos.

Lo 75 aguardou até que os últimos se acomodassem e iniciou uma espécie de discurso:

– Boa noite! Dou as boas-vindas aos nossos visitantes... – dirigiu seu olhar ao grupo. – Visitantes não nos incomodam... Mas também não nos trazem felicidade – corrigiu. – Estamos habituados a uma rotina e não gostamos de interrompê-la. Façam as perguntas que quiserem. Faremos o possível para respondê-las... Contanto que amanhã, quando os levarem de volta até o ponto da mata por onde entraram,

95

guardem segredo sobre este lugar. Essa é a nossa única exigência! Não é um pedido... – Lo 75 frisou bem.

Um ou outro homem, de quando em quando, levantava-se e atirava mais lenha à fogueira. Fogo crepitando, sob os olhares daquelas pessoas, Bartolomeu, Tiago e Luís procuraram ficar menos tensos. Queriam fazer perguntas, esclarecer as dúvidas.

– Onde estão as mulheres? Elas não participam da reunião? – Bartolomeu ficou de joelhos e ergueu bem a voz.

Com voz calma e ritmo monótono, Lo 75 respondeu:

– Aqui não existem mulheres, só homens. Existem cinquenta, cujo sobrenome é 15, outros cinquenta com o sobrenome 30, mais cinquenta com o sobrenome 45, vinte e seis com o sobrenome 60 e eu e mais vinte com o sobrenome 75.

Tiago e Luís, fazendo as contas mentalmente, assopraram:

– São cento e noventa e sete, Bartolomeu!

– O sobrenome é atribuído de acordo com a nossa idade, em número de anos... Ou, pelo menos, o espaço de tempo que vocês consideram um ano. Assim, o 75 do meu nome significa que essa é a minha próxima idade.

– Se aqui não tem mulheres, como vocês nascem? – Tiago tomou a palavra.

– E que história é essa de "próxima idade"? – Luís se levantou, imitando o irmão.

Como quem parecia cansado de ter respondido às mesmas perguntas, Lo 75 explicou:

– Não é nosso problema se vocês nos compreendem ou não. Os mais novos chegaram aqui há cerca de oito anos e integram o grupo dos que tem sobrenome 15, sua idade futura. O segundo grupo chegou de uma leva anterior. Para ser mais claro, a cada período de quinze anos, chegam aqui cinquenta bebês, todos do sexo masculino. Assim, existe um grupo de garotos do primeiro estágio. Eles têm sete anos. Dentro de oito anos sairão do estágio de sobrenome 15 para o de 30. Aí virão outros cinquenta bebês. A cada quinze anos se completa um estágio e eles sempre vão passando para o seguinte. É por isso que temos o grupo dos 15, dos 30, dos 45, o grupo dos 60 e o de 75 ou mais anos. Como ninguém é eterno, o número sofre pequenas alterações... – Lo 75 falava como um robô.

– Mas se aqui não existem mulheres, de onde vêm esses bebês? – Bartolomeu tirou as palavras da boca de Tiago.

– Temos muitos colaboradores pelo mundo de vocês – Lo 75 continuou, sem mudar o tom de voz. – A cada quinze anos, nosso grupo de 45 parte para junto dos nossos fiéis colaboradores e recrutam os bebês selecionados.

– Isso pra nós tem outro nome! – Tiago se exaltou. – É sequestro!!! – ele, Luís e Bartolomeu estavam horrorizados.

– Uma criança que sai do seu mundo, mundo doentio e perverso para viver conosco, recebe uma nova vida, sem problemas, sem fome nem violência. É um prêmio que recebe! – Lo 75 elevou a voz. – Sequestro, roubo... Essas palavras não nos agridem. Prefiro dizer que a cada quinze anos, cinquenta crianças são premiadas com a felicidade suprema.

– As mães estão de acordo? Elas doam os seus filhos para a comunidade? É isso? – Bartolomeu estava exaltado.

– Com seus cérebros doentios, vocês nunca vão entender a nossa lógica. Nossos colaboradores pagam muito bem a essas mulheres que geram os filhos que vão nos doar. Utilizamos a fertilização *in vitro*. – o velho apertou os olhos.

– E os pais? Também são pagos? – Bartolomeu continuou a pergunta.

– Os pais biológicos não existem. As mães alugam seus úteros para a geração de crianças que está por vir. Elas são fecundadas artificialmente em laboratórios que estão ligados a nós. Nós somos os doadores. Nesses laboratórios isolamos os espermatozoides com o cromossomo X e com o cromossomo Y. Através de testes genéticos, descartamos os com o cromossomo X. Depois do parto, a mãe não mais pode ver o bebê. Ele é amamentado no laboratório e, meses depois, trazido para cá – Lo 75 respondia, com a maior naturalidade.

– E nunca mais saem daqui? – os três, a essa altura, já estavam em pé.

– Sair para quê? – Lo 75 manteve a calma. – Vivem numa comunidade onde não há guerra, violência, roubo ou drogas. Vivem felizes aqui no nosso mundo. Aprendem História Antiga, Geografia, Astronomia, Matemática, Física, Química, Língua Portuguesa e uma língua estrangeira. Sabem plantar, colher, têm aulas de artesanato e princípios de medicina alternativa. Alguns deles, a cada quinze anos, vão até o mundo assassino de vocês para a missão de buscarem os bebês. Não poluímos, não somos consumistas, não usamos eletricidade, não nos escravizamos por trabalho. Cada um tem sua tarefa e vivemos em harmonia.

– E vocês acham que a ausência de mulheres contribui para a paz? – Bartolomeu perguntou.

– Suas mentes nunca poderão entender. Se tivéssemos mulheres aqui, todo mundo já teria descoberto nossa comunidade – ele respondeu, secamente.

– Já que não têm mulheres, não há nenhuma espécie de...

– Somos superiores ao sexo – Lo 75, impaciente, cortou a pergunta de Tiago.

– Por que fala em "mundo de vocês"? – Bartolomeu tentou esfriar os ânimos, mudando de assunto. – Vocês não se consideram brasileiros como nós?

– Claro que não. Não fazemos parte de comunidades doentes e assassinas, como as suas. Ocupamos este território que é de vocês, mas não nos consideramos brasileiros, nem alemães, belgas ou franceses. Existem cerca de cinquenta Higeias na América, a maior parte delas no Brasil, mas nossa civilização apenas está no seu território por causa do clima agradável. Estamos bem próximos do laboratório que faz as... pesquisas, digamos assim. Nossos futuros filhos ficam mais próximos de nós.

Tiago queria gritar bem alto que eles eram uns monstros e que deveriam ficar grávidos dos seus próprios monstrinhos.

Novamente alguém trouxe mais lenha. A fogueira ardeu e mais luz se fez na escuridão.

– Vocês têm alguma religião? – Luís quis saber.

– E você acha que deuses precisam de religião? – a resposta de Lo 75 mostrou que não eram nem um pouco modestos. – Nossas crianças crescem aprendendo com os mais velhos que somos um povo predestinado a ser o ponto perfeito em um mundo prestes a acabar. Amamos nosso povo e a nossa única religião é não permitir que bárbaros como vocês – ele apontou para o grupo – destruam a nossa comunidade.

– De qualquer forma, precisam de nossas mulheres para perpetuá-la – Bartolomeu contra-atacou. – E como é que vocês conseguem pagar "muito bem" às mulheres que geram as crianças e manter laboratórios? Isso não seria possível com o modo de vida que nos foi mostrado aqui – Bartolomeu estranhou.

100

– O que colhemos na mata e pescamos do rio nos mantém. Não temos comércio e não precisamos de nada. Tecemos nosso próprio vestuário num galpão menor, apropriado para isto. E temos uma pequena mina...

– Ouro? – Bartolomeu interrompeu a explicação do homem.

– Digamos que algo valioso a ponto de nos fornecer o dinheiro necessário para as nossas pesquisas, nossos bebês... – Lo 75 finalizou.

– Ninguém nunca quis fugir daqui? – foi a vez de Tiago.

– Uma única vez, há mais de vinte anos, um dos nossos higeus enlouqueceu. Conseguiu fugir antes que fosse eliminado e acabou indo parar no meio da sua comunidade. Parece que, como castigo, acabou também por não se ajustar. É por isso que até hoje tenta nos destruir, espalhando por aí onde moramos. Esconde-se de nós, seus superiores, e de vocês, seres inferiores....

Luís e Tiago ameaçaram contestar, mas Bartolomeu deu um cutucão nos dois para que Lo 75 continuasse.

– E fica tentando, através de mensagens aqui e ali, denunciar a existência de Higeia.

– SÓCRATES! – os três exclamaram ao mesmo tempo.

– Quer dizer que Sócrates era um de vocês? O tal que fugiu? Mas como? Ele é bem moreno!!! – Bartolomeu protestou. – E vocês são loiros, completamente...

– Sócrates é o nome que ele deu a si mesmo. Entre nós era chamado de Ru 45. Vocês devem tê-lo visto à noite, com pouca luz. Quando a loucura começou a se manifestar, ele passou a se cobrir de cinzas nas noites de lua cheia. Dizia que afastava "maus higeus".

– Por acaso Sócrates, ou "Ru 45", levou alguém com ele? – Tiago estava intrigado. Será que Amauri era também um fugitivo?

101

– Escapou sozinho, levando parte do que extraímos da mina. Com a venda, ainda deve ter dinheiro para contratar alguém esporadicamente... Uma pessoa que enganou vocês direitinho! – completou.

– Mas qual o interesse dele em enviar uma mensagem para nós? – Luís não estava entendendo.

– Ru 45 não consegue viver aqui... Mas também não consegue viver entre vocês. É um marginal, um apátrida. Deve ter crises de arrependimento e, nessas crises, tenta denunciar a existência dos higeus. Como se sente um de nós, expressa a sua denúncia em loucuras, mensagens idiotas que outros tolos acreditam! – Lo 75 frisou as duas últimas palavras. – Quero que saibam – continuou a explanação – que temos regras... Regras que constituem a base de nossa convivência. Ro 15 – ele chamou um dos que estavam mais próximos a ele –, diga a regra número um...

O jovem, com a idade aproximada de 9 anos, levantou-se e começou a falar:

– É dever de todo higeu garantir a todos que aqui vivem e a todos quantos um dia chegarão um espaço sem destruição e contaminação, com a mesma certeza que nossos antepassados tiveram.

Dito isto, Ro 15 sentou-se. Lo 75 chamou Ra 45. Nem foi preciso pedir. Ra 45 levantou-se e fitou os visitantes nos olhos:

– Cabe a todos que aqui vivem passar para as gerações que chegam, em todas as oportunidades, os valores e ensinamentos da geração atual.

Assim, um a um, os membros da comunidade iam se erguendo e recitando, feito robôs, as regras, os deveres, as proibições e os fundamentos da comunidade Higeia.

Depois que Vi 30 leu a última regra, Lo 75 tomou a palavra mais uma vez:

– Todo higeu é harmônico em sua comunidade. Tanto os homens como os seres vivos, o ar, a terra e a água, são partes de um todo a que chamamos Universo. Absorver essa verdade aprendida com os nossos antepassados é assumir nossa própria sabedoria. Para nós, sabedoria e amor são palavras sinônimas. Não aceitamos o egocentrismo e o egoísmo.

– Ih, tio Bartolomeu, esse blá-blá-blá não tem fim? – Luís estava cheio de tanta regra.

– Nem o regulamento do colégio é tão chato! – Tiago estava quase dormindo.

Fofo nem ao menos se mexeu. Estava no quinto sono.

– Psiu! – Bartolomeu chamou a atenção dos dois. – Ele ainda está falando!

– A explanação terminou. Sei que devem ter dúvidas, mas para que esclarecê-las? – abriu as duas mãos e fez um sinal com a cabeça jogando-a para o alto. – Posso dizer que estão aqui para perceber como o mundo que representam é ganancioso, bisbilhoteiro e inferior. Somos nós, higeus, os superiores, alê? – ergueu o punho direito.

Aquela palavra sem sentido e o erguer o punho tinham sido um grito de guerra. Todos os homens ali sentados levantaram-se e gritaram, braços também para o alto:

– ALÊ! ALÊ! ALÊ!

Fofo acordou e chegou a dar um latido. Tiago tratou de acalmar o cachorro.

A um sinal de Lo 75, eles se viraram e foram, aos poucos, voltando para seus barracões. Não haviam dirigido uma só palavra aos visitantes.

Sozinhos agora com o que parecia o chefe de todos e com um garoto que permanecera do seu lado, Lo 75 avisou Bartolomeu:

103

– Amanhã serão levados de volta, pelo caminho de Casanga, que vocês desconhecem. Para isso deverão usar uma venda nos olhos. Um aviso – ele esticou o dedo, quase alcançando o nariz de Luís –, se outros vierem pelos desenhos de Ru 45, nós faremos o mesmo. Mostraremos os higeus, seu modo de viver, os devolveremos à civilização... Mas, se chegarem por seu intermédio, temos uma lei a cumprir e uma pena de...

· – Nada vamos revelar. Vocês têm a minha palavra e a dos meninos – Bartolomeu interrompeu o que estava por vir. A ameaça era clara. Prometeu que nada iam contar, acordados, dormindo ou sobre pressão. Promessa para ele era dívida.

– Fe 15 os acompanhará até o alojamento. Adeus! – Lo 75 despediu-se sem esboçar um sorriso sequer, tomando um caminho oposto ao do grupo.

– Puxa! Que cara grosso! – Luís reclamou.

– E é só ele que fala. Os outros só falam com a sua permissão – Tiago completou.

Bartolomeu estava quieto. O garoto, à frente, iluminava o caminho com uma tocha de fogo. Fofo ia atrás, rabo espetado, orelhas em pé.

Mal chegaram, o garoto acendeu os tocheiros e, sem uma palavra, sumiu na escuridão.

Dizer que esta tinha sido a noite mais longa e maldormida de suas vidas seria mentira. Para Bartolomeu, era apenas mais uma noite assim. Se não dormia de saudade da esposa e filho, agora não pegava no sono por preocupação, espanto, inquietação.

Os três, cada qual em sua rede, teciam comentários, faziam considerações, tiravam conclusões distintas:

– Onde é que fazem os tais tecidos?

– Não vi régua, compasso, caderno, caneta nem livros. Como é que aprendem sem isso? Podíamos ir xeretar e levar essa técnica para o colégio... – Tiago riu.

– É, assim ia ser uma bela economia de material! – Luís concordou.

Fofo latiu. Tinha sede.

Bartolomeu providenciou água para todos e mais algumas frutas. Ali, de suas redes, ficaram falando da estranha confusão de sentimentos que aquelas pessoas tinham exercido sobre eles.

– Bando de malucos! – Tiago não se conformava.

– Além de antipáticos! – Luís completou.

Fofo latiu. Parecia concordar com toda e qualquer opinião avessa aos moradores do lugar.

Bartolomeu pareceu adivinhar que Fofo estava louco por um osso quando falou:

– Não avistei nenhum animal e nenhuma ave para abate. Parece que só se alimentam de peixes! – estranhou.

– Será que essa história de mina é verdade? – os meninos estavam exaltados.

– Uma coisa é verdade... E se encaixa direitinho no que Lo 75 falou: Bastião é mesmo Sócrates. Acho que isso é a coisa mais coerente de toda essa história! – suspirou, cansado de tanta novidade, tanta surpresa, tanto estranhamento.

Ficaram um bom tempo tentando analisar as regras, juntando lembranças de notícias de jornais com supostos sequestros de recém--nascidos nunca mais encontrados até que, embalados pelo rosnar do Fofo, acabaram pegando no sono.

Eram quase quatro horas da manhã.

UM REGRESSO ÀS CEGAS

O dia amanhecera com uma chuva fina e persistente. Acostumado a acordar com o primeiro raio de sol, Bartolomeu foi logo chamando os meninos. Fofo já tinha entrado e saído do barracão por diversas vezes.

Sobre a mesa encontraram mais frutas, suco e uma espécie de broa de milho, bem grande, que partiram com as mãos.

Bartolomeu guardou a toalha dentro da mochila. Achou por bem retirarem as redes e deixá-las dobradas, no chão, uma vez que a mesa central estava ocupada com o "café da manhã".

Pelo olhar dos garotos, já sabia. Necessidades fisiológicas começavam logo cedo.

Correram então em direção ao riacho, cuja queda-d'água parecia ainda maior. Lavaram o rosto e usaram a vegetação ao lado como banheiro coletivo: Bartolomeu, Luís, Tiago... e Fofo.

Quando retornaram ao barracão, à espera de quem os levasse de volta "à civilização", deram de cara com quatro homens. Sem que pronunciassem uma só palavra, colocaram vendas ao redor dos olhos de Tiago, Bartolomeu e Luís.

Os meninos foram levados ao alto. Os dois mais fortes colocaram os rapazes nos seus ombros, com alguma facilidade. Bartolomeu foi guiado por um outro. E Fofo... Bem, Fofo devia estar por ali, a segui-los.

Quando cansava, Bartolomeu parava. Nunca tinha sido vendado. Tornara-se um "cego temporário" vagando por uma mata desconhecida, puxado por um cidadão esquisito, tomando uma chuva fina que lhe ensopava a camisa, a calça e as botinas.

Os dois mais musculosos, quando cansavam, colocavam os meninos no chão. Alguns passos, um escorregão, um tropeção. Por mais que guiassem os garotos, eles acabavam parando, com medo de seguir à frente. Por esse motivo, depois de um pequeno descanso, os dois tornavam a carregar os moleques. O velho parecia conhecer os caminhos da mata, pois andava com mais desembaraço.

– Bartolomeu... – Tiago falava. – Você está aí?

– Estou, Tiago... – Devo estar atrás de você, pelo som da sua voz! – ele concluía.

– Cadê o Fofo, Bartolomeu? – Luís queria saber.

– Não dá para ouvir os passos dele direito, Luís – Bartolomeu tentava prestar atenção aos sons de "possíveis" patas no chão.

– Isso aqui não acaba nunca? – Luís estava ficando impaciente.

– E eu lá sei? – Tiago retrucou.

Após alguns minutos de silêncio, mais lama e mais chuva, um dos homens avisou:

– Chegamos.

Vendados, os três ouviram os passos dos homens se afastando.

– Acho que largaram a gente aqui... – Bartolomeu foi o primeiro a falar.

– Quem desamarra a minha venda? Está apertada! – Luís reclamou.

Apesar dos muitos nós, Tiago foi quem desamarrou primeiro a sua. Daí desatou a venda de Bartolomeu e a de Luís.

– Olha o Fofo lá perto daquele tronco! Ele está morto! – Luís quase chorou ao ver o cão largado na mata.

Bartolomeu correu para verificar. Escutou o coração do cachorro e tratou de pegá-lo no colo.

– Devem ter dado alguma coisa para que o Fofo dormisse. Vocês sabem, os cachorros conseguem refazer um caminho com a maior facilidade... – observou. – Ele está vivo, só um pouco dorminhoco!

Um alívio. Além da afeição que tinham pelo cachorro, como iriam explicar à Diná caso o cão não voltasse ou fosse morto pelos "loucos"?

– Bem, caminho da roça! – Bartolomeu suspirou, passando a mochila para Tiago e ajeitando o Fofo no colo. – Pelo visto, só temos essa picada pela frente e mais nada.

– Se a gente estivesse perto do riacho seguiria as marcas que você fez nas árvores! – Tiago lembrou Bartolomeu.

– Acontece que fomos deixados num outro lugar...

– Valeu a intenção, tio... – Luís consolou o amigo.

Bartolomeu tomou a dianteira e entrou pela picada. Durante mais de quinze minutos caminharam, revezando o Fofo de colo em colo.

O caminho terminou numa estrada de terra batida, esburacada.

– Pra que lado, Bartolomeu? – os meninos quiseram saber.

– Não sei por quê, mas acho que à direita.

Enlameados, sujos e picados, estavam quase desistindo desse caminho quando avistaram um caiçara.

– Ei, ei, você! – Tiago gritou o mais alto que pôde.

O caiçara parou e voltou-se para trás.

– Amigo, onde estamos? – Bartolomeu colocou o cachorro no chão.

– Em Ubatuba, ué… – respondeu, coçando a cabeça. Onde mais eles queriam que fosse?

– Qual é a saída disso aqui? – Bartolomeu animou-se ao verificar que o Fofo já estava até acordando.

– Segue em frente e vira à esquerda. Aí vocês já vão ver a estrada… – ele pegou a vara de pescar do chão, enfiou o chapéu de palha e continuou o seu caminho.

– Ufa! – os três respiraram, aliviados.

– Até o Fofo está feliz, né, Fofo? – os meninos se alegraram com o passo "vira-lata meio adormecido".

Dito e feito. Mais um pouco de sacrifício e já estavam na beirada da estrada, onde o barulho dos carros lhes dava a impressão de que talvez o que estivera para trás fosse sonho, ilusão, febre de mata.

Não. Tudo tinha sido bem real. O Fofo meio sonolento estava ali para confirmar.

E o jipe? Onde estaria?

Caminharam rente ao acostamento, seguindo a direção que lhes parecia mais correta. Foram três, quatro quilômetros de caminhada. Os pés doíam, as roupas colavam no corpo, dando-lhes um peso extra. E como Fofo não conseguira dar três passos em linha reta, continuava sendo carregado no colo.

– Lá está ele! – Bartolomeu apontou, finalmente.

Pronto. Um suspiro de alívio, uma arrancada e o retorno à casa do Edson.

Não falaram muito no percurso de volta. Estavam perplexos e, acima de tudo, exaustos.

– Um banho e uma cama... É tudo o que eu quero! – Bartolomeu fez a curva para entrar na garagem.

– Dois! – Tiago quase gemeu.

– Três! – Luís seguia o irmão.

Fofo latiu. Talvez concordando com o banho, pela primeira vez em toda a sua existência.

Não tinha sido nem preciso tocar a campainha. A porta da sala estava só encostada. Chamaram pela Diná. Nada. Melhor. Não tinham combinado nenhuma história para contar pra ela. Como explicariam o seu desaparecimento?

Ao entrarem no quarto, encontraram as camas arrumadas. Um bilhete em cima de uma delas trazia algo maravilhoso, uma sorte incrível:

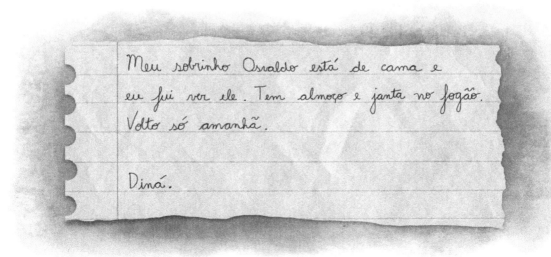

Meu sobrinho Osvaldo está de cama e eu fui ver ele. Tem almoço e janta no fogão. Volto só amanhã.

Diná.

– Salvos pelo sobrinho doente! – Bartolomeu abriu logo a porta do banheiro e fez sinal para que Tiago entrasse logo. O garoto foi tirando as roupas molhadas e jogando sobre o cesto.

– Use o outro banheiro, Luís. Não quero ninguém doente aqui! Eu vou tomar um banho naquele banheirinho no quintal… – Bartolomeu continuou, enquanto pegava uma roupa seca dentro da outra mochila que trouxera.

No banheiro externo, tirou as roupas molhadas e se meteu debaixo da água morna. Fofo, todo assanhado, ganhou um banho de água doce com direito a uma ensaboada rápida.

Eram dez e meia da manhã e apostou que, se deitassem naquela hora, dormiriam o dia inteiro!

Todos haviam tido a mesma ideia. Cada um caiu numa cama, de roupa limpa, ventilador ligado. O barulho da chuva na janela embalou o sono dos quatro.

UMA OUTRA HISTÓRIA

Já passava das três da tarde quando Diná, colocando a cabeça pra dentro do quarto, acordou-os com seu sotaque caipira:

– Ainda dormindo? O que aconteceu com vocês? Não comeram nadinha... Não gostaram do prato que deixei, não?

Pronto. Foi só falar em comida e os quatro acordaram num pulo.

Não tiveram de dar explicações. Diná só queria era contar do sobrinho, que tinha sido picado por uma cobra.

– Venenosa, sem veneno... Ficamos nesse vai e não vai a noite todinha. Daí.... – e não parou mais de falar.

Eram mais de cinco horas quando telefonaram para os pais. A secretária eletrônica avisava: "Aproveitamos a folga e fomos dormir em São Paulo. Temos certeza de que vocês estão bem". A sorte estava ajudando! Descansariam mais um pouco e só retornariam para casa na manhã seguinte, estômagos abastecidos, esqueletos no lugar, algumas dúvidas a esclarecer.

113

Passaram um bom tempo andando pela areia da praia. Às vezes, um silêncio enorme entre os três, só interrompido pelos latidos do Fofo. Outras vezes, um comentário seguido de outro, um princípio de discussão, a tentativa de encaixar os fatos.

– Tendo vivido em Bananal, é natural que o "Oito" tivesse ouvido falar da "cidade perdida", que nem é uma cidade, realmente – Bartolomeu ponderou. – Ficamos sem saber há quanto tempo esses higeus vivem no local. O mistério sobre a vida de Bastião-Sócrates está resolvido. Se deixou Higeia, é natural que se mantenha isolado. Isso faz com que cresçam as lendas ao seu redor.

– E o tal do Amauri? Ele pode ter sido contratado para levar a gente até o Bastião-Sócrates, ou Ru 45... Que se comunica muito bem, do mesmo jeito que os higeus. Isso significa que ele pode ter mesmo sido criado em Higeia. – Tiago considerou.

– E o poder que ele tinha sobre os cachorros? Lembra que eles não latiam? – Luís lembrou. – Por que será?

Escurecera. Bartolomeu sentou-se na areia, observando o reflexo da lua cheia nas águas, no que foi imitado pelos meninos. Fofo distraiu-se com uma cadelinha que encontrara pela areia.

– Pensei muito nisso. Lembrei que existe um apito que os ouvidos humanos não conseguem captar. Eles são percebidos pelos cães. Como houve toda aquela cena preparada pelo Sócrates-Bastião e Amauri, é possível que, ao sinal da palavra "chega", Amauri tenha apitado. A cachorrada, adestrada, ficou quieta ao ouvir um som audível apenas para eles. Sócrates estava fazendo um teatro e, assim, é natural que fingisse não ser o Bastião. Tinha que falar com uma certa eloquência para nos impressionar.

– Quando a gente chegar, vou contar pra todo mundo essa história dos higeus. O pai de um amigo meu é jornalista e... – Luís ameaçou.

– Eu discordo, Luís – Bartolomeu interrompeu. – Ninguém vai acreditar na nossa história. Vamos passar por mentirosos. Além do mais, do que adiantaria arrasar Higeia? O mundo não vai ficar melhor sem eles!

Tiago concordou com Bartolomeu. Luís teve de ceder. Eles tinham razão. Já pensou ser apelidado de "Luís, o Louco"? O rapaz ia pensando em todos os apelidos possíveis que ganharia.

– Bem, pessoal... Melhor voltarmos. Amanhã saímos bem cedo! – Bartolomeu decidiu.

Dentes escovados, um boa-noite à Diná e mais uma vez, cama.

Eram sete horas quando Bartolomeu acordou. Tinham saído de Itapecerica no sábado, dia dezessete. Sexta, dia vinte e três. Tinham ficado mais tempo que o imaginado. Mas valera a pena. Por tantas e tantas coisas, valera a pena! Descobriu uma comunidade isolada em si mesma, o estranho mundo dos higeus... E descobriu que dentro do coração solitário havia uma emoção que não pensava ter... O olhar carinhoso de uma companheira era mesmo uma boa sensação.

Enquanto acordava Tiago, Fofo, meio que pressentindo a despedida, colocava a pata no cabelo do Luís e ensaiava subir na cama.

Mochilas no carro, entraram para tomar o café da Diná. Pão caseiro, geleia de goiaba, manteiga de nata, suco de laranja. Tinha coisa melhor?

– Nem sei como agradecer... – Bartolomeu começou.

– Imagina. Nem parece que vocês dormiram aqui... Não deram o menor trabalho! – Diná sorriu.

Os meninos agradeceram e abraçaram Diná. Ela estava com toda a razão. Eles não tinham dado tanto trabalho assim... Tinham dormido uma noite, e não duas!

Fofo se enroscava nas pernas dos meninos, cabisbaixo, o rabo entre as pernas.

– Esse cachorro vai ficar numa tristeza de dar dó sem vocês... Ele tem um gênio tão bom, não é?

– De quem é, Diná? – Bartolomeu perguntou, antes de entrar no carro.

– E eu lá sei? Está por aqui faz tempo já. Tem dono, não. É de todo mundo e de ninguém.

Pronto. Agora parecia que ia ganhar um. E definitivo.

– O senhor quer levar o Fofo, não faz cerimônia, não. É até um agrado. Eu prefiro gato... – ela segredou, olhando para o Fofo de lado.

Fechado. Fofo, que parecia entender palavra por palavra, pulou na parte de trás do jipe. Estava todo contente. Ia com Tiago.

– Até outra vez, Diná! – Bartolomeu e os meninos acenaram.

– Até, gente! – ela foi fechando o portão.

– Nossa, já são nove horas! – Luís exclamou.

O tempo não estava tão bom assim para a praia e o melhor que tinham a fazer era mesmo voltarem para casa.

Tanque cheio de novo, água, pneus.

– Bartolomeu, nós não íamos passar na casa da vó Janda? – os garotos perguntaram.

Sim, Bartolomeu passaria na casa de Janda, mas não daquela vez. Levaria os meninos de volta ao sítio. Tinham prometido a ele não contar a ninguém a história dos higeus e sua "cidade perdida". Estava pensando numa porção de coisas enquanto os meninos iam brincando com o cachorro. Para começar, assim que chegasse, faria um esforço em ir até a vila. Ia comprar uma calça, camisa xadrez e umas botinas novas. Arrumaria o velho carro que mantinha atrás do sítio, enfiado numa garagem. Quando voltasse a Pinda, o que não estava longe de acontecer, ia estacionar o carro antes do portão do sítio de uma senhora risonha, bonita, de conversa agradável. Ia colher flores

116

silvestres para aquela mulher encantadora que fizera reaquecer uma chama apagada em seu peito não tão velho, mas calejado de sofrimento e de solidão.

Sim. Voltaria ao "Paraíso Perdido", onde encontrara algo – alguém, melhor dizendo – por quem valeria a pena reviver boas emoções.

Quanto à "cidade perdida"... Iria contar a Janda tudo o que viram, ouviram, souberam. Afinal, ela os ajudara a decifrar o enigma. Tinha certeza de que guardaria o seu segredo. Bem, mas essa era uma história que um dia poderia até virar um livro. Por que não? Bartolomeu quase sorriu.

Celso Antunes ✳ Telma Guimarães

O ENIGMA DA CIDADE PERDIDA

Ilustrado por Roberto Weigand

SUPLEMENTO DE ATIVIDADES
Elaborado por Rodrigo Petronio

NOME: _____
ANO: _____
ESCOLA: _____

Editora do Brasil

Os irmãos Tiago e Luís ficaram impressionados com a história contada pelo caseiro do sítio onde moram. Há uma lenda muito antiga que circula na região de Bananal, no Vale do Paraíba. Trata-se de uma cidade perdida! Depois de convencerem o experiente Bartolomeu, amigo da família, a acompanhá-los nessa viagem, eles ainda contarão com o precioso apoio da vó Janda. Tudo pronto para a viagem, é hora de descobrir o mistério. Após muita investigação, uma mensagem escrita em código chega até eles. Agora eles têm o enigma, mas como decifrá-lo? O que mais acontecerá nessa emocionante aventura? Cercados pela Mata Atlântica, nossos aventureiros descobrirão que há muitos outros mistérios para serem revelados.

1 Cada personagem tem uma ideia e uma motivação para viajar em busca da cidade perdida. Na sua opinião, qual foi a grande motivação deles? Imagine-se no lugar de um dos personagens da história e escreva a seguir qual seria o motivo mais importante para você realizar uma viagem como essa.

6 Os higeus eram um tanto estranhos e às vezes contraditórios, mas preservavam o ambiente em que viviam. E quanto ao nosso mundo? É importante preservarmos o meio ambiente? De que forma podemos fazer isso?

_____

_____

_____

_____

_____

_____

7 O enigma foi decifrado pelo trio, depois de muito esforço, com a preciosa ajuda da vó Janda. Que tal brincar um pouco com os enigmas?

a) Os símbolos a seguir são os que foram utilizados na mensagem escrita por Sócrates (ou Ru 45). Eles já estão organizados em ordem alfabética. Com base na solução do enigma, preencha corretamente os espaços.

b) Complete o alfabeto desenhando os símbolos que quiser e, numa folha à parte, monte suas mensagens enigmáticas!

F	G	H	J	K	N	P	V	W	X	Y	Z

c) (   ) Habitante de Higeia e um dos seus líderes.

d) (   ) É um dos irmãos que decide partir em busca da cidade perdida e o mais entusiasmado.

e) (   ) Perdeu a esposa e um filho. Ajuda os garotos a buscar a cidade perdida.

f) (   ) Cão de estimação.

g) (   ) Irmão de Tiago.

h) (   ) Nome falso de um dos habitantes de Higeia que fugiu de lá e passou então a ser uma espécie de informante, conduzindo as pessoas até a cidade.

5 Com base nas frases destacadas, comente este trecho que descreve Higeia. O que elas sugerem? O que o narrador quer nos mostrar?

> *Ao redor do gramado, umas dez, quinze construções. Eram habitações térreas, com um ar de **galpões pintados de branco**. Não havia ruas, ou pelo menos, de onde estavam, não localizavam nenhuma. **Nada lembrava uma aldeia indígena e muito menos remetia às ruínas de uma cidade antiga. Algumas pessoas – não sabiam se homens ou mulheres –** cruzavam a praça e entravam nas construções.*

_____

_____

_____

_____

_____

_____

2 Os higeus planejaram ser um povo isolado e em contato com a natureza, mas, ao mesmo tempo, precisavam dos recursos tecnológicos de seu antigo mundo para fazer a inseminação artificial. Qual é sua opinião a respeito disso?

_____

_____

_____

_____

_____

3 Na sua opinião, será que vale a pena fazer como os higeus: fugir e fundar uma cidade perdida a fim de evitar os problemas da civilização? Por quê?

_____

_____

_____

_____

_____

4 Faça a correspondência dos personagens com suas características:

1. TIAGO   2. LUÍS   3. BARTOLOMEU

4. FOFO   5. SÓCRATES   6. JANDA

7. OITO   8. LO 75

a) (   ) Apelido do caseiro do pai dos irmãos.

b) (   ) Avó dos irmãos, dona da casa onde eles param durante a viagem.

8 Há um momento em que um dos personagens diz que os higeus são machistas, por terem se transformado em uma população só de homens. Por que isso é dito? Por que eles optaram por uma sociedade machista?

_____

_____

_____

_____

9 Descubra o nome dos pontos geográficos descritos no livro e cifrados em forma de charada.

✧ Primeira cidade por onde passam, no interior do estado de São Paulo, e onde está localizada a casa da vó Janda:

_____

✧ Cidade para onde vão depois de passarem pela casa da avó:

_____

✧ Onde está localizada a cidade de Bananal:

_____

✧ Nomes das serras que eles atravessaram para chegar perto do estado do Rio de Janeiro:

_____

✧ Enigma que eles têm de resolver para encontrar a cidade perdida.

_____

OS AUTORES

Celso Antunes nasceu em 1937, em São Paulo, cidade onde mora até hoje. Com formação em Geografia pela Universidade de São Paulo, é também mestre em Ciências Humanas. Com uma área de atuação bastante diversificada, Celso é autor de livros didáticos, educacionais e de literatura juvenil. Entre outras atividades, é membro da Associação Internacional pelos Direitos da Criança e ministra palestras e cursos em todo o Brasil e no exterior. Celso adora caminhar, é fã da boa literatura, gosta muito de cinema e de futebol.

Telma Guimarães nasceu em Marília, SP. Formada em Letras Vernáculas e Inglês pela Unesp, foi aluna de intercâmbio nos Estados Unidos e professora de inglês por muitos anos. Sua incursão na literatura infantojuvenil se deu em 1987 e já no início da carreira recebeu um prêmio da Associação Paulista de Críticos de Arte. Dedicando-se exclusivamente à escrita desde 1994, já produziu dezenas de obras de literatura, didáticas e paradidáticas, em português e inglês, destinadas ao público infantil e juvenil. Telma adora ler, e por meio da leitura descobrir sempre novos caminhos.

Impresso sobre papel Offset 90 g/m².

Foram utilizadas as variações da fonte ITC Stone Serif.